UN MONDE DE SALAUDS SOURIANTS

"Domaine français"

ISBN 978-2-330-16400-3

THOMAS ROSIER

Un monde de salauds souriants

roman

ACTES SUD

LUCAS

Comme tout le monde, j'y fais pas gaffe au début. Maintenant je vois qu'eux. Seize arbres en tout, même si je crois qu'en fait le chiffre ça veut rien dire. Ils sont là, plus ou moins discrets, on sait pas trop ce qu'ils pensent, le vent d'ouest leur a tous un peu penché la tête. À mon avis c'est des chênes. Ils remplissent l'espace, ils étirent le volume en arrêtant les bords. Tout autour, au milieu, à leurs pieds, c'est la fête. La grosse teuf. Du rouge éclate partout et le blanc des fringues nous éblouit presque. Les mouvements sont bien synchros mais chacun dans leur coin, et dans l'ensemble les gens sont déjà un peu pétés. Joyeusement pétés. C'est pas pour autant que ça s'arrête.

Y en a quand même qu'ont l'air de moins s'amuser, visiblement pris par des conversations sérieuses, ou convenues. Au fond j'en aperçois un qui s'en va carrément, les mains dans le dos, à petits pas. Il doit pas avoir la tête à la bringue celui-là, des fois ça arrive, il paraît qu'il faut pas se forcer. Peut-être qu'il attendait que quelqu'un le retienne… Moi, je pense qu'on a le droit de quitter une teuf quand on a eu sa dose, de filer à l'anglaise, comme ça, sans rendre de compte. J'aime pas qu'on force les gens à quoi que ce soit. De toute façon qu'on dise au revoir ou pas, personne s'en souvient le lendemain, alors bon.

Devant, là, c'est autre chose : c'est de plus en plus chaud ! Y en a deux qui s'emballent déjà. Et puis c'est encore un truc que je remarque plus, alors que la première fois j'arrivais pas à m'en détacher : ça bande dur sous les pantalons ! Les braguettes sont tendues, on sent bien que les mecs ont la dalle et qu'ils attendent ça depuis un bon moment. Faut pas rater le coche. Les filles, hein, sont pas dupes, on se mate, on se jauge, on se tourne autour, on fait semblant de danser comme il faut, mais on est là pour ça. Oh oui, bien sûr, ça empêche pas d'avoir des conversations intéressantes, d'apprendre des choses, de se marrer pour des conneries et puis c'est l'occasion de se demander des nouvelles et de revoir les potes qu'on a pas vus depuis longtemps, ben ouais c'est un moment de socialisation, on peut dire, mais au fond tout le monde le sait : en fait ça bringue avant tout pour s'en coller une bonne et essayer de choper.

Moi j'aime bien cette franchise assumée.

J'aimerais bien avoir la même.

Parce que bon, on voit bien comment tout ça va finir : dans les fourrés, les fossés, à rigoler, à se lancer des cochonneries, à se peloter gentiment, peut-être même que les prochaines noces seront déjà en gestation. Mais bon, moi, je serai encore tout seul dans mon lit, comme d'hab, je verrai rien de ce qu'il se passe dans les fourrés, et c'est tant mieux : c'est assez humiliant comme ça.

Je suis pas si mal, allongé dans mon lit. Je continue de contempler cette image fixe, un tableau peint par Bruegel l'Ancien quelque part entre la Belgique et la Hollande y a quelques siècles. J'ai pas mal zoné sur internet. *La Danse de la mariée en plein air*, ça s'appelle. Et puis j'essaie une fois de plus de bloquer sur quelques détails qui m'auraient encore échappé, ou plus exactement sur les variations de mes perceptions. Par exemple je regarde de plus en plus les marges d'impression de la reproduction. Elles sont fines en bas et sur le côté gauche, trois fois plus larges à droite et en haut, mais uniformément jaunies et parsemées de chiures de mouches. Qu'est-ce que ça veut dire ? C'est la marge, la dissymétrie, ou le cadre qui m'interpellent ? Ou c'est les chiures de mouches qui comptent le temps ? Ces réflexions… Comment dire, en fait j'essaie de passer rapidos à autre chose parce que ce genre de questions, même si j'aime bien ça, me donne assez vite mal au ventre, la salive d'un coup plein la bouche, je déglutis en rafales. Pas le choix, faut pas que je me laisse aller, j'ai pas beaucoup de marge. Je me reconcentre vite fait sur les chênes pour bloquer la nausée. J'espère que ça va passer. Cinq heures du mat'. Dans une heure les premiers bruits des autres résonneront dans la maison, comme une espèce de naufrage bienvenu, ce sera l'heure de s'endormir. J'éteins la lumière, tout est noir. Tout est calme. Normalement ça devrait passer.

Les milieux d'aprèm sont eux aussi toujours silencieux, aujourd'hui mes deux darons sont au taf, les voisins aussi, ceux qu'ont pas de boulot se tiennent tranquilles. C'est le genre de moment où je fais ça. C'est comme les visites virtuelles de musées, ça entretient je trouve, ça stimule. J'aime bien. Alors je reste allongé dans mon lit comme ça, je ferme les yeux, et là j'explore mentalement toute ma chambre. Après je les rouvre et je cherche les erreurs. J'en fais presque plus.

Y a mon corps étalé sur le lit, la tête dans l'angle des murs et les pieds pas loin de pendre dans le vide. Le lit, il a la largeur côté rue, et la longueur côté couloir. La porte au bout est fermée, à clef, et au-dessus de la poignée en aluminium, un peu à droite, la peinture blanche s'est écaillée sur une petite surface oblongue. Je sais plus pourquoi. Après y a le mur d'en face, où tout commence avec le butoir de la porte vissé dans le plancher, rond, immuable, caoutchouc blanc cassé et laiton. Ensuite, à hauteur des yeux, l'affiche du tableau de Bruegel, bien éclairée à l'époque où je fermais pas les volets. Elle est maintenue par des punaises, une rouge en haut à gauche, deux vertes à droite, une jaune dans le dernier coin. Et puis plus à droite le plafond commence à descendre, en fait le volume de mon cube est cisaillé par le toit. Y a un meuble étagère avec quatre rayons, celui du bas pour les livres, le deuxième pour les DVD, le troisième pour les jeux vidéo et un porte-encens. Tout prend la poussière bien sûr. Sur le dernier rayon y a un fatras d'objets glanés tout au long de mon existence : un galet bicolore ramassé sur la plage sur un sous-bock hollandais à côté d'une balle de golf et de la bille verte devant le cendrier en buis avec à l'intérieur quelques élastiques plus deux ou trois trombones et une épingle à nourrice de taille moyenne sans compter un opinel et un bouton noir à quatre trous et un petit plan de poche du métro parisien qui des fois tombe juste derrière sur l'enveloppe rouge vierge et vide qui pourrait servir, coincée par des post-it jaunes et bleus et roses comme une glace napolitaine et par une balle antistress noircie par la sueur calée par un bout de coquillage peut-être de moule en tout cas irisé à mort. Il me semble qu'y a aussi d'autres trucs… Ah oui peut-être bien un chargeur d'iPhone et un stylo du Melun FC qu'on avait dû vendre aux gens du quartier, l'année où j'ai fait du foot. Il faudra que je vérifie en rouvrant les yeux, je les ai peut-être déplacés dans le placard, la prochaine étape du panoramique. Celui-là je l'imagine pas trop précisément, je synthétise. C'est comme les bouquins, les DVD et les jeux vidéo, si j'en retiens la liste exhaustive les murs vont encore se rapprocher de moi. Je l'ai fait pour les bibelots, je me suis rendu compte après que j'aurais pas dû.

Le plafond continue à descendre jusqu'à ce qu'il soit coupé par le troisième mur. C'est là qu'y a le placard. Deux portes coulissantes en faux bois, et derrière : mes fringues. Au niveau du sol, sur le côté, y a la trappe du réduit. J'ai découvert qu'elle s'ouvrait quand j'étais gamin. Ça me semblait inconcevable que cette trappe soit mobile mais un jour, je sais pas bien pourquoi, j'ai essayé de l'ouvrir et j'y suis arrivé du premier coup, sans forcer. C'était et ça reste pas grand, mais en m'y prenant bien j'arrive encore à passer la tête et les épaules dedans, et puis tout le reste. Ce sont les confins du grenier, un espace minuscule coincé entre la toiture et le plafond de l'entrée. La première fois, y avait de la vieille laine de verre et des toiles d'araignées qui pendouillaient partout, on voyait le dessous des tuiles, j'avais l'impression d'être le premier visiteur moderne d'une grotte préhistorique, de poser mon regard sur quelque chose qu'avait pas été regardé depuis très longtemps et qu'était pas destiné à l'être. En quelques nuits, très discrètement, j'ai enroulé les toiles d'araignées autour d'un tube en carton de sopalin, j'ai recoincé la laine de verre entre les chevrons avec du scotch et des punaises, et j'ai enlevé le plus gros de la poussière sur la dalle de béton.

C'était dégueulasse, mais comme c'est minuscule c'est allé assez vite : mon réduit était prêt.

Je me disais que ça me faisait une autre pièce, secrète, juste pour moi, et que je pourrais m'y déployer tant que je voulais. Ça serait mon royaume exclusif, une extension de moi, rien qu'à moi. Je veux dire un coin qui existe que parce que je sais qu'il existe. Mais mon réduit était toujours très poussiéreux, toujours trop petit pour un univers complet, bref, j'allais pas non plus y rester des heures. Ça m'a donc surtout servi de coffre-fort. C'est là que j'ai planqué tout ce que je voulais garder secret et qu'il était donc hors de question que ma mère trouve quand elle venait encore dans ma chambre. J'y ai mis une boîte avec toutes les traces intimes de mes émois amoureux, les petits mots sur les cahiers, le papier du bonbon offert par Jennifer Régnier en cinquième, les adresses échangées pendant les colos pleines de promesses suspendues. Et puis… j'y ai aussi planqué une demi-douzaine de revues pornos. Cinq, en fait.

Je les sors, des fois.

Au fil des années j'y ai entassé d'autres souvenirs, d'autres boîtes remplies de traces archéologiques de ma propre existence, des objets qu'avaient plus leur place dans ma chambre mais que je voulais pas jeter, comme ce poster des Doors qu'avait veillé sur toute mon adolescence alors qu'en fait je suis né vingt-cinq ans après la mort de Jim Morrison. Aujourd'hui je sais pas si j'arriverais à entrer tout entier dans mon réduit tellement j'y ai accumulé de choses. Ou peut-être bien que j'y entrerais très facilement, qu'y aurait pas tant de traces que ça, et que leur médiocrité et leur vacuité me décevraient jusqu'à la moelle. C'est pour ça que je veux pas imaginer trop précisément mon réduit, j'ai trop peur de faire face à l'absence de ma nature – hey, pas mal ça, faudra que je note. Donc dans mon panoramique mental je vois les deux portes coulissantes, les tas de fringues et la petite trappe dans le mur, c'est tout et c'est bien comme ça.

Merde, comme souvent j'ai ouvert les yeux sans m'en rendre compte en pensant à mon réduit. Je regarde que le plafond, mais j'ai plus bien envie de jouer à me concentrer. C'est toujours à la fin du panoramique que je fais le plus d'erreurs de toute façon. Je regarde rapidement les dernières étapes manquantes : après le placard, mon bureau avec mon ordi posé dessus, mon casque audio, ma chaise, la corbeille à papier et puis l'angle, hop, on tourne pour arriver au point de départ, sur ce pan de mur y a guère que la fenêtre et le radiateur en fonte au-dessous, ma table de chevet et de nouveau ma tête posée sur l'oreiller. Un jour peut-être je changerai mon lit de place pour avoir cette partie-là bien en face de moi. J'ai essayé une fois de mettre le plumard en plein milieu de la pièce, mais en fait ça l'a pas fait. Le reste rentrait pas c'était galère, et puis les quatre côtés du pieu ouverts non vraiment, mauvaise idée.

Dehors j'entends un groupe de jeunes, ils rentrent du collège, j'imagine. Je les entends raconter leurs conneries et se pousser sur les bagnoles. La moitié de ce qu'ils braillent sont des insultes, je suis pas si vieux mais j'en comprends déjà plus la moitié. La masse informe et anonyme passe sous ma fenêtre : j'espère qu'ils vont pas jeter un caillou sur mes volets comme l'autre fois.

On se regarde en silence, le tableau et moi. Les noceurs ont l'air de se connaître, de près ou de loin. Même ceux qui se connaissent pas font comme si. Un lointain parent, les voisins des cousins, les enfants de la nourrice, y a un lien qui traîne, forcément. Ils se ressemblent physiquement d'ailleurs, tous un peu gros, tous un peu roux. Et puis les regards, les postures, la manière dont les corps sont assemblés indiquent que cette petite foule est… comment dire… familière à elle-même. Combien de kilomètres ont parcourus les noceurs les plus exotiques ? Dix ? Vingt ? Cinquante ? Pas plus d'une journée de cheval, ça me semble évident. Peut-être que je me plante, mais à mon avis y a que Bruegel et son comparse Franckert qu'ont vu du pays, qu'habitent la ville et qu'ont déjà gravé en eux l'expérience de l'anonymat. Ils arrivent habillés comme des paysans, se présentent comme les oncles ou les neveux des cousins éloignés de la mariée, les félicitent, leur offrent quelques draperies ou de la vaisselle pour dissiper tout malentendu, et puis ils prennent une chopine de bière au tonneau et se mêlent aux danseurs, font la ronde, et arrivent quelquefois à séduire une jeune paysanne à la nuit tombée. Ils se tapent l'incruste quoi, autant par goût de la fête que par curiosité sociale. Bruegel observe ces campagnards dans toute leur spontanéité, il photographie des images de son regard fixe et il les range dans sa mémoire, les scènes, les situations, les tenues et les visages, les paysages et quelquefois une composition d'ensemble. Il en fera un tableau à son retour dans son atelier d'Anvers et puis il le vendra à Franckert, ou alors il attendra des années avant que le visage de cette jolie paysanne rousse ressurgisse d'un coup et qu'il doive la peindre sans délai pour pas l'oublier une seconde fois.

J'ai vu sur internet que ce tableau était daté de 1566, ou par là. En fait il y a différents ensembles dans la composition, chacun d'environ vingt-cinq personnes, soit, selon mes comptes, cent dix-sept personnages en tout. Dont une trentaine dont on distingue clairement les traits. Plus quatre-vingt-dix anonymes qui forment une masse conviviale.

J'ai lu sur internet que la population mondiale au XVIe siècle tournait autour de cinq cents millions d'individus, dont un cinquième en Europe. Cent millions de personnes, c'est à peu près le rythme annuel de la croissance démographique mondiale aujourd'hui : cent millions de plus tous les ans nous sommes, une Europe du XVIe siècle chaque année. Combien d'habitants alors dans les Dix-Sept Provinces de Bruegel ? Deux, trois millions ?

Bref, proportionnellement y aurait aujourd'hui mille sept cents invités à la danse de la mariée en plein air.

Elle aurait pas les moyens.

Le nombre de ses potes, à la jeune mariée, il serait vachement plus restreint aujourd'hui, ça irait mouiller moins loin. Bon, en fait, beaucoup plus que le mien, mais c'est pas la question.

Moi j'aurais pu naître là, dans les Flandres du XVIe, après tout c'est qu'une question de hasard, et je connaîtrais tous mes voisins, et même tous les gens du village, et même pas mal des environs, et quand un peintre et son mécène arriveraient incognito à un mariage ça me troublerait pas plus que les autres parce qu'ils feraient partie de ces étrangers connus, de cette altérité familière, ils seraient que variations dans un cadre fixe. Moi aussi un jour j'aurais eu une jeune mariée, enfin peut-être, et on aurait fait une grosse bringue, même si possiblement tous les villageois auraient fini par me saouler : si ça se trouve j'aurais vite plus supporté de voir leurs gueules tous les jours et d'entendre leurs blagues répétées cent fois. Mais bon au moins ils seraient là, ils seraient comme un entourage, un alentour, un premier plan qui donnerait sa profondeur au champ.

Hey, je vais noter ça tout de suite.

J'entends : on sonne à la porte en bas. Ça me décolle direct les yeux du tableau, je les fixe dans mes oreilles. Ma mère ouvre et des voix d'enfants veulent lui vendre des parts de gâteaux pour je sais pas quelle cause, un voyage scolaire à la con ou des nouveaux maillots pour le club de basket. Le coup des stylos doit plus aussi bien marcher qu'avant. Est-ce qu'y a un peintre déguisé en parent d'élève avec eux ? Est-ce qu'il va peindre ma fenêtre de chambre et ses volets clos ? Est-ce que, dans cinq siècles, quelqu'un regardera sa toile en enviant cet univers simple d'écoliers, de parents d'élèves et de pavillons ? Je crois pas. En fait, à mon avis, non. Peut-être. La porte se referme et le petit groupe s'éloigne.

J'en sais rien pour les autres, mais moi, j'ai du mal à voir comment m'en sortir au milieu de sept ou huit milliards de gens. Ça en fait un paquet, des autres. J'aimais pas, petit, aller à la cantine au milieu de tous ces enfants bruyants, encadrés par des adultes énervés qu'étaient pas mes parents ni mes instits, ni autoritaires ni bienveillants. Comme un mouton je me sentais, au milieu d'un énorme troupeau. J'aimais pas non plus prendre le bus parce que bon, je crois que risquer d'être noyé une fois de plus dans des relations imposées m'effrayait. Parlons pas des colonies de vacances, qui représentaient pour moi des sortes de camps de concentration destinés à délivrer les parents de leur progéniture. Fallait pas les faire, hein ! En fait une fois que j'y étais j'aimais bien la colo, mais bon, avant d'y aller j'aimais pas. Tout bien considéré, il s'agissait dans chaque cas que de quelques centaines d'enfants tout au plus : le monde des adultes recelait une multitude infiniment plus vertigineuse, j'ai compris après. L'enfance était qu'un petit aquarium avant qu'on me largue dans le grand océan plein de concurrents, d'ennemis et de gêneurs, foisonnant d'individus prêts à me porter aux nues ou à me lapider pour les mêmes mauvaises raisons superficielles, regorgeant d'amis insupportables et d'ennemis brillants, classant, jugeant, attendant, brisant. Un monde de salauds souriants qui vous tape sur l'épaule que pour y prendre appui, pour lequel j'étais mal préparé. Des fois je me dis qu'avoir une frangine ou un frangin m'aurait aidé. J'ai pas compris le jeu, les règles, être sympa, chaleureux, tout ça, mais surtout rien faire passer par là, voir en dessous, voir au-delà. Se repérer dans le jeu de miroirs.

MICHEL

Son corps maigre encore ruisselant d'eau, une serviette autour de la taille, Michel scrute la peau de son visage dans la glace de sa salle de bains. Bien qu'il ait dépassé les soixante-cinq ans et malgré les années de crème de jour, les cicatrices de son acné adolescente ne se sont à son grand dam jamais évaporées. Michel n'y voit qu'imperfections cutanées, mais ces marques lui donnent pourtant un air de petit malfrat séducteur qui lui aura été utile toute sa vie.

Il se rase précautionneusement, s'hydrate l'épiderme, enfile une chemise, un pantalon de costume et une cravate. Ce n'est pas parce que c'est dimanche et que la matinée est déjà bien avancée que Michel va rester en pyjama. Aujourd'hui pourtant, malgré ses nombreuses tentatives, il n'arrive pas à dompter la grenadine de soie : son nœud de cravate a toujours l'air trop serré ou trop lâche, et jamais centré. Il l'a pourtant déjà fait des milliers de fois, sans y penser bien souvent, et dès son plus jeune âge, mais les automatismes s'absentent parfois inexplicablement. Michel renonce et laisse pour la première fois depuis longtemps son col nu et ouvert. Très casual, se dit-il en jetant un dernier coup d'œil dans la glace, assez fier de ce revirement heureux.

Il allume la télévision. C'est l'heure de la messe, de Téléfoot et de Turbo, des programmes destinés à survivre indéfiniment semble-t-il, et qui marquent en principe l'apogée du repos dominical pour l'homme occidental. À cette heure, dans bien des foyers, l'odeur du gigot ou du rôti commence à envahir la maison, le matin on a jardiné un peu, on est allé chercher le journal, on a admiré ses enfants ensommeillés prendre leur petit-déjeuner. Les années 1960 sont loin, et pourtant Madame est toujours aux fourneaux et l'homme, confortablement installé dans son canapé, les jambes étendues sur la table basse, délesté par la force de l'habitude de toute responsabilité familiale, loin de ses soucis professionnels, demeure dans un retrait oisif en se délectant de l'interview exclusive de tel avant-centre ou des essais effectués sur la dernière Audi. Le chien, allongé à ses côtés, la tête reposant sur ses pattes avant, conforte l'homme dans sa volonté de ne rien faire, de laisser à son épouse le soin d'entretenir le cadre familial et à ses enfants celui d'alimenter le feu de la vie.

Rien de tout cela chez Michel Alcen, célibataire, sans enfant, sans chien, seul dans son vaste appartement parisien.

Il coupe le poste et décroche son téléphone pour appeler André, son vieil ami de toujours qui, lui, a une famille et avec qui il est doux de partager une discussion ou une promenade, voire d'emmener les petits-enfants, joyeux et vivants, au cirque, comme cela leur est arrivé plusieurs fois. Mais André ne répond pas. Michel, d'un naturel positif, en profite donc pour se servir un whisky de bonne heure.

Le verre posé sur le ventre, affalé sur son canapé, il se laisse flotter un instant dans son intérieur bourgeois. La grande bibliothèque qui tapisse le mur n'a pas été visitée depuis un moment. Canapé, table basse, téléviseur qui la jouxtent forment son espace de détente. Il y a bien une table et six chaises proches des fenêtres, pour les soirs où il reçoit, mais il ne s'en sert que rarement. S'en est-il jamais servi d'ailleurs ? Cette question l'inquiète vaguement avant de le quitter aussitôt. Sur la table ne traîne qu'une enveloppe encore fermée, estampillée du logo d'un laboratoire d'analyses, qui doit contenir les résultats de sa dernière prise de sang. Son foie est malade, certes, mais il supporte encore le whisky, alors Michel se contente d'attendre que son médecin, un jeune type pour lequel il n'a aucune affection, l'appelle pour faire le point : Michel, lui-même chirurgien, esthétique certes mais chirurgien tout de même, ne le considère guère plus qu'un vulgaire intendant.

Il jette un œil à son téléphone pour voir s'il n'a pas reçu une réponse d'André, un mail ou à défaut une alerte du *Monde*. Rien. Il décide alors de googliser Irène Hilmec, la nouvelle directrice financière du Groupe, avec qui il a rendez-vous le lendemain. Diplômée de Science po, puis de l'Essec, premières armes chez BNP, ascension chez Lazard à Londres, private equity chez Rothschild, puis quinze ans chez HSBC France. C'est de nature à rassurer Michel qui est peu disposé à laisser Juvénal, son bébé, son œuvre, entre n'importe quelles mains. Les rapports ne sont pas toujours simples entre le Groupe, principal investisseur de Juvénal, et Michel. Celui-ci sait que beaucoup de choses dépendent de la manière dont va se passer cette première entrevue. Il regarde de nouveau la photo du profil LinkedIn d'Irène Hilmec, la réussite incarnée, se dit-il, élégante et maîtrisée, ses yeux se plissent et ses lèvres se pincent en examinant la photo, sûrement pas le genre de nana à s'enfiler des whiskys le dimanche midi, à s'avachir devant la télé et à garder des traces d'acné.

Michel vide son verre et se redresse bientôt, il ne prend qu'un plaisir modéré à la contemplation, la mélancolie ne lui réussit guère. On lui a parlé d'une exposition de David Hockney à la galerie Lelong. Il attrape sa veste et file dehors s'aérer le teint, préparer ses futurs sujets de conversation, et éventuellement faire travailler ses méninges.

Le lendemain matin, malgré sa demi-heure d'avance, Michel Alcen n'a pas même le temps de vider la canette de Perrier destinée à adoucir le malt de son haleine : la nouvelle directrice financière a aussi pris ses précautions. Depuis le hall de Juvénal il la voit sortir du taxi, franchir la porte, distingue au fur et à mesure qu'elle se rapproche un tailleur crème de couturier, un maquillage discret, des cheveux blancs au carré. L'effet de charisme est encore plus vif que sur sa photo de profil. Elle arrive directement vers lui, lui serre la main énergiquement tout en le regardant droit dans les yeux. Pas un regard flou ou formel, non, un regard attentif et intense qui ne se détache qu'après quelques secondes. Durant ses trente ans de carrière, Michel a vu défiler par centaines des cadres dynamiques maîtrisant tous les codes corporels du professionnalisme : se tenir droit, marcher à grandes enjambées mais sans précipitation, sourire légèrement en permanence et chaleureusement de temps à autre, baisser à peine la tête quand on écoute, la relever tout aussi subtilement quand on prend la parole, sans jamais la couper bien sûr, et jamais d'agressivité ou de ce qui pourrait s'y rapporter de près ou de loin. Mais à ce comportement stéréotypé Irène Hilmec instille une dose parfaitement proportionnée d'attitudes personnelles. Son jeu de sourcils, de mâchoire, ses sourires même offrent une variété de mouvements qui la rendent spécifique, et ce de manière aisément identifiable et très séduisante. Du grand art, se dit Michel.

"Bienvenue à Juvénal, madame Hilmec !

— Merci. J'en ai beaucoup entendu parler, et j'ai étudié en profondeur le dossier, indiscutablement un des plus importants du Groupe. Je dois dire que je suis assez impatiente de visiter votre œuvre, monsieur Alcen.

— Œuvre incomplète s'il en est ! Mais je vous en prie, appelez-moi Michel, le formalisme nous tue.

— Certes, mais la distance s'avère souvent salvatrice, notamment sur le plan professionnel, monsieur Alcen." Le silence qui suit prolonge le sourire de Michel, fasciné par l'aplomb d'Irène Hilmec et bien conscient que la matinée s'annonce encore plus délicate qu'il ne le craignait.

"Chaque chose en son temps, j'en conviens ! se reprend-il. Nous démarrons cette visite ?"

Et ils s'enfoncent dans un des couloirs du centre. Même si ça lui coûte, Michel se force à marcher lentement : cela crée un rythme propre à leur visite et permet un espace d'intimité. Ils débouchent bientôt sur la grande salle vitrée qui borde la rue, où une trentaine de personnes sont attablées.

"Ah ! Voici le restaurant. Le *Dinner's Space*, comme l'ont appelé les types du marketing. Moi je voulais appeler ça *L'Épicuriste*, mais ça ne les a pas fait rire.

— Ça peut se comprendre.

— Un café ? Une tisane détox ? Un verre d'eau de mer peut-être ?

— Sans façon.

— Voyez-vous nous avons ouvert le premier restaurant parisien qui ne propose pas d'alcool. On s'est beaucoup moqué de nous à l'époque, mais aujourd'hui il y en a plus d'une centaine. Vous ne trouvez pas que le niveau sonore est particulièrement bas ? Du reste tous nos menus sont élaborés par des diététiciens. Nos clients disposent d'une appli qui les aide à choisir la nourriture appropriée, le type et le nombre de boissons, en fonction de leur bilan de santé et du programme qu'ils suivent. Regardez-les, ne sont-ils pas tous rayonnants ?

— L'effet de la diète, j'imagine ?

— Pas du tout ! Enfin si, un peu, mais pas seulement. Je vais vous confier un secret, madame Hilmec : la moitié des gens que vous voyez ici nous coûtent de l'argent.

— Pardon ?

— Ce sont des clients que nous avons sélectionnés ! Des jeunes gens entre vingt et trente-cinq ans, physiques agréables, sveltes, et d'un niveau social plutôt élevé. Nous leur offrons un mois de restaurant gratuit pour les attirer ici.

— Ce n'est pas un peu discriminant ?

— Absolument ! C'est pour ça que nous attendons qu'ils soient clients depuis au moins six mois pour leur proposer. Récompenser la fidélité n'a rien d'illégal, encore moins d'immoral !

— Et ça marche ?

— Nous avons doublé notre chiffre d'affaires ! Comme vous le voyez, l'intégralité du restaurant est visible depuis la rue. Tout le monde rêve de faire partie des beautiful people… C'est coup double pour nous ! Nous attirons de nouveaux clients qui veulent en être, et nous renforçons l'idée que pour faire partie des happy few il faut faire un certain nombre d'efforts quant à l'entretien de son corps et de sa plastique.

— Ça peut aussi effrayer un certain nombre de clients potentiels…

— Au contraire ! Le restaurant propose des tarifs raisonnables : l'ascension sociale semble d'un coup accessible à tous. C'est tellement rare ! Nous ratissons très large…

— Et on mange bien au moins, au *Dinner's Space* ?

— Aucune idée ! Moi, vous savez, le quinoa bouilli à la Badoit… Mais poursuivons, si vous le voulez bien."

Michel la fait sortir par le fond du restaurant, il sait que c'est en arrivant d'ici que le contraste est le plus frappant. Après quelques mètres dans un couloir neutre, ils débouchent dans l'Agora. Alcen s'arrête et se tait. Il laisse Irène Hilmec découvrir la coupole de verre sous laquelle pousse un jardin tropical luxuriant, la fontaine taillée dans le basalte au beau milieu, les petits rus qui s'enchevêtrent entre les bananiers et les magnolias. Les murs qui entourent l'Agora sont courbes, finement enduits d'argile et délicatement colorés. S'y inscrivent une trentaine de portes, et même si deux tiers d'entre elles sont factices, aucune n'est identique aux autres.

"Où sommes-nous donc ? chuchote Irène.

— Dans l'Agora, répond Michel, en lui empruntant son merveilleux chuchotement. C'est la première innovation majeure de Juvénal. Face à nous, à l'étage, se trouve la clinique de chirurgie esthétique, c'est par là que j'ai commencé… Médecine moderne, cartésienne, technologique, aseptisée. Ici, c'est le contraire : végétale, organique, sensitive, low-tech, l'Agora a élargi notre base de manière considérable ! C'est là que nos clients rencontrent les diététiciens, les psychologues, les psychothérapeutes en tout genre, les acupuncteurs, les sophrologues, chromothérapeutes… Bref, toute la gamme des médecines douces et du développement personnel !

— Intéressant… Vous devez avoir une clientèle très diversifiée.

— Je ne vous le fais pas dire ! Mais les frontières ne sont pas si hermétiques, croyez-moi. La plupart de nos clients sont directement envoyés ici par l'équipe médicale qui les suit. C'est plus rare, mais il y en a aussi qui viennent d'abord consulter un psy et qui finissent par passer sur le billard ! Tout est à la fois porte d'entrée et point d'arrivée chez Juvénal ! Un vrai écosystème, comme ils disent… L'Agora a ceci de particulièrement précieux qu'elle nous permet de faire le lien entre la médecine du corps d'un côté et de l'autre ce que j'appelle le pétrissage de la personnalité. Car il s'agit des clefs du succès de Juvénal, madame Hilmec : bâtir une individualité unique, personnelle, bien identifiable, et surtout socialement enviable. C'est pour ça que toutes les disciplines qui se rapportent de près ou de loin au bien-être s'exercent ici.

— Il me semble que le bien-être est une notion plutôt fluctuante.

— Bien sûr, bien sûr, c'est pour ça que nous travaillons essentiellement avec des prestataires extérieurs. Ça nous permet de renouveler constamment notre offre.

— Et il n'y a pas foule.

— C'est tout à fait voulu. Nous voulons que nos clients se retrouvent dans un environnement zen en ayant l'impression d'être privilégiés.

— Certes, mais votre Agora est presque déserte. Il n'y a que le garçon et la fille là-bas, qui attendent. Ça fait peu.

— Oui ! Les dix bureaux doivent tous être occupés. Mais attendez... Ils commencent à échanger... Regardez, ils commencent à se parler, à se sourire..."

Irène se tourne vers Michel, interrogative. Il lui explique sans les quitter des yeux que leurs fauteuils d'attente sont numérotés. Elle ne comprend toujours pas. Alors il lui précise que les secrétaires à l'accueil de Juvénal ont pour consigne de placer les clients célibataires côte à côte, en fonction de leur orientation sexuelle et de leur tranche d'âge, bien sûr. Parfois, ça marche. Et il n'y a pas de meilleure publicité que les couples Juvénal.

La fille d'un coup rit aux éclats, Michel n'aurait pas pu rêver meilleure ponctuation. Il sourit à Irène et lui enjoint de le suivre, à pas de loup, vers l'escalier en forme de corne d'abondance qui mène à la clinique de chirurgie esthétique.

"C'est par là, mais nous n'irons pas.

— Ah bon ?

— Croyez-moi les protocoles d'hygiène sont assez pénibles, et nous ne verrions rien d'autre que des salles d'opération dernier cri, des chambres spacieuses et décorées avec goût, et des professionnels confirmés donner autoritairement des ordres dans les couloirs.

— Bon, c'est vous le guide.

— Allons plutôt vers le gymnase !" Irène le suit dans un corridor en lacets, dont la lumière légèrement orangée leur permet de quitter l'Agora sans trop de brutalité. Michel n'avait vraiment pas envie de l'emmener dans la clinique, avec tous ces chirurgiens trop bien payés qui minaudent à la première occasion. Il ne voit pas en vertu de quoi il leur aurait fait plaisir. Et puis le carrelage blanc, les blouses, les pansements et l'odeur de la Betadine, ça rassure peut-être, mais bonjour l'opération séduction.

"C'est quand la centrale syndicale a mis l'immeuble voisin en vente que j'ai eu l'idée de le racheter pour le transformer en salle de sport. De repenser de fond en comble la clinique Alcen pour créer la révolution Juvénal !

— Qu'est-ce qu'il y a de révolutionnaire à ouvrir une salle de sport ?

— Eh bien, c'est qu'il n'y a pas que des vélos d'appartement, dit-il en désignant le vaste espace derrière le mur vitré. Nous avons aussi une piscine, un spa, des massages et tout ça, mais surtout des cours de yoga, de méditation, de Pilates… Un dojo ! Et ce n'est pas tout ! Au deuxième étage, nous avons installé des coachs en tout genre : ceux qui vous aident à vous habiller, à vous coiffer, à avoir de la conversation, ceux qui donnent des cours de maintien, de bonnes manières… C'est sans fin ! On a même un institut de beauté… Et je ne parle pas de toutes les activités de l'Agora. Vous avez tout au même endroit ! Ce n'est plus qu'une simple salle de sport, comme vous dites : je viens faire du fitness, j'en profite pour me relooker ; je viens apprendre à draguer, le yoga est tout indiqué pour maîtriser mes émotions ; on me coache pour mon nouvel emploi, le running m'aidera à prendre du recul."

Tandis qu'à droite et à gauche défilent les machines à poulies, les cours de fitness cadencés et les tapis de course, Michel se laisse porter par son enthousiasme et explique pêle-mêle que la diversification de l'offre commerciale commence à porter ses fruits : 40 % de la clientèle entre désormais dans le centre *via* les salles de gym, attirée par l'image de Juvénal, et si 5 % seulement finissent par avoir recours à la chirurgie esthétique, les trois quarts passent par l'Agora. Ceux qui viennent pour mincir ont le choix entre des programmes plus ou moins exigeants, *Pleine forme*, *Dynamic* ou *Sculptural Body*. Il va de soi que ce dernier, auquel est adjoint un coaching personnalisé quasi militaire, rencontre le plus de succès. Ça tombe bien, c'est celui sur lequel Juvénal marge le plus.

Derrière les vitres s'activent essentiellement des vingt-cinq-quarante-cinq ans, en majorité des femmes, sur des appareils compliqués, toutes sont équipées de bracelets connectés compris dans l'abonnement.

"Vous voyez la petite grosse, là-bas, au fond, celle qui transpire à grosses gouttes sur le stepper ?"

Irène le regarde, interloquée.

"On pourrait penser que c'est une cliente qu'on n'aura aucun mal à fidéliser. Eh bien c'est le contraire ! Dans les salles de gym, ce sont ceux qui en ont le moins besoin qui sont les plus assidus et qui dépensent le plus. Espérons que son coach arrive à la réorienter sur des activités plus… adaptées."

Ils dépassent la piscine, les salles de taï-chi-chuan, de qi gong et de yoga équipées de grands miroirs, les cabinets d'ostéopathie et les chambres de massage. Ces activités drainent une clientèle plus âgée, moins nombreuse et pas forcément plus fortunée, mais qui assoit un taux de recommandation record. Michel explique que depuis qu'ils proposent de coupler aux abonnements d'activités physiques des séances de développement personnel, le taux de fidélité est passé à 83 %. Ce qui laisse présager de belles perspectives de croissance.

"C'est notre offre *Mens sana in corpore sano* ! Du Juvénal dans le texte. Le latin, comme les études scientifiques, a l'avantage de conférer une crédibilité immédiate."

Michel Alcen et Irène Hilmec redescendent ensuite dans la cour intérieure du centre. Le *Dinner's Space* étale sa terrasse ensoleillée l'hiver et ombragée par deux grands érables l'été. En face, un mur en acier Corten signale la présence de la trombinothèque.

"Qu'est-ce que c'est que ça ?

— Entrez, vous allez comprendre." Il la laisse contempler les peintures accrochées sur les cimaises, jeter un œil sur la pinacothèque digitale, chercher du regard des cartels qui n'existent pas. Seul un titre, au-dessus de la porte donnant sur la terrasse, indique : *Le Portrait dans la peinture italienne du XVIe siècle.*

"Et vous faites également centre d'art… Défiscalisation ?

— Ah ! On ne peut décidément rien vous cacher ! Mais ce n'est pas la raison première. Suivez-moi !" Michel l'entraîne dans l'ambiance feutrée de la pinacothèque digitale, et ils s'assoient bientôt face à l'un des écrans, tout proches l'un de l'autre.

"Cliquez donc sur « Définir ma singularité »." La webcam s'allume et prend un cliché d'Irène dont le visage s'affiche à l'écran. Il ne faut que quelques secondes au système pour le comparer avec la base de données. L'ordinateur présente bientôt un schéma heuristique avec au centre la photo d'une femme aux cheveux blancs, et une trentaine de ramifications vers des peintures, des extraits de textes, de films, d'autres photos.

"Vous ressemblez à Linda Fargo !

— Mais qui est-ce ?

— Je n'en ai pas la moindre idée. Mais vous pouvez le savoir en cliquant sur la photo.

— Si vous m'expliquiez plutôt à quoi rime tout ça, monsieur Alcen, je ne suis pas sûre de tout comprendre.

— C'est très simple, Irène. Quand nous avons lancé Juvénal, la division chirurgicale tenait une place prépondérante. Ça n'a pas été facile de se démarquer de la concurrence, mais nous y sommes arrivés.

— Comment ?

— Nous avons tout misé sur l'accompagnement individualisé. Je disais à mes chirurgiens qu'ils devaient travailler comme des architectes, définir la demande des clients sur plusieurs rendez-vous, leur montrer des images de synthèse, calibrer la prestation par rapport à leur budget.

— Je pensais que c'était le minimum…

— J'ai ensuite eu l'idée d'introduire une dimension artistique, avec des conseillers dédiés. Chaque client s'est vu présenter plusieurs scénarios de transformations esthétiques, argumentés et étayés avec de nombreuses références empruntées à la peinture, à la sculpture ou même à la littérature, et bien sûr au cinéma, chacun pouvant choisir et s'approprier les codes culturels de sa propre singularité. "Un nez préraphaélite se mariera parfaitement avec votre bouche Le Verrocchio. Regardez : avec les yeux de George Clooney, vous serez le nouveau duc de Nemours !" Il y a eu un peu de flottement au début, mais les clients ont vite adoré : nous avons multiplié la clientèle par trois, et les prix par quatre.

"Vous dites toujours « clients », jamais « patients » ? lance-t-elle avec un sourire entendu.

— C'est un de mes nombreux défauts ! lui répond-il en lui rendant un sourire franc. En tout cas la trombinothèque nous sert de caution culturelle. Elle sert moins aux clients à choisir leur nouveau visage qu'à nous démarquer de l'univers peroxydé et siliconé de la chirurgie esthétique traditionnelle. On ne sort pas de Juvénal en ressemblant à la norme, on en sort avec une personnalité unique et un physique signifiant. Et accessoirement avec les clefs culturelles nécessaires pour valoriser cette singularité : autant qu'un physique, on se définit une identité et une culture propres. Notre cœur de métier est la valorisation de l'individu, Irène, personnalisation notre maître mot.

— Mais pas trop loin de la norme, avouez-le.

— Eh non, autrement nous ne serions pas là à bavarder ! Mais nous avons réussi l'essentiel : nous construire une image."

Ils terminent leur visite par un rapide passage dans la division bariatrique, qui tourne au ralenti. Si le taux d'obésité des enfants français a été multiplié par cinq entre 1980 et 2000, précédant de peu le boom du footing, il s'est aujourd'hui stabilisé, et Juvénal n'a jamais réussi à proposer une offre originale : petit à petit cette activité est devenue secondaire. En étant conventionné avec la Sécurité sociale la division assure une part de revenus fixes à Juvénal, de nature à rassurer les nouveaux investisseurs plus qu'à générer du cash.

"En bref, Irène, nous avons de bonnes idées, mais elles sont vite reprises par la concurrence. C'est pour ça que j'ai besoin de vous et de vos capacités d'investissement. J'ai d'ailleurs imaginé un nouveau volet beaucoup moins académique dont il faudra que je vous parle.

— Eh bien Michel – puisqu'il va falloir que je me résolve à ce que vous m'appeliez Irène –, je suis très impressionnée par ce que je viens de voir et par votre enthousiasme. Mais vous allez tout de même devoir faire preuve de patience et voir à plus long terme. Vous savez, nos bailleurs ont besoin de calme, de certitudes, de visibilité. Et de retour sur investissement. Juvénal nous donne entièrement satisfaction, mais à mon sens le projet a encore besoin de se consolider." Michel a du mal à contenir sa déception, mais il se reprend à temps.

"Nous pourrions peut-être convenir d'un autre rendez-vous pour que je puisse vous exposer mes projets de développement ?

— Mais certainement. Encore faut-il que je puisse me libérer…" Irène balaye en tous sens l'écran de son smartphone avant de reprendre : "Ce ne sera pas avant le 2 novembre, j'en ai peur.

— Pas avant ?! Mais enfin…

— Mon agenda est très chargé, vous l'imaginez. Le 2 novembre. Ou la semaine prochaine, mais pour le dîner. Si ça ne vous dérange pas.

— Euh… Eh bien, pas du tout, au contraire, très chère, répond Michel en amputant un sourire, se rendant instantanément compte de sa bévue.

— Un dîner professionnel, allons, reprenez-vous." Elle s'incline légèrement vers lui, son regard toujours planté dans le sien, un peu jaune : "Je vous suggère de laisser la séduction de côté, Michel, ce pourrait être dommageable. Ne croyez pas que j'en suis arrivée là où j'en suis en laissant passer ce genre de réflexe. Je suis bien placée pour savoir que les hommes ont du mal à s'en défaire, et que la fermeté est à peu près la seule voie qui fonctionne." Elle redresse le buste avant de conclure, tandis que, hors de propos, son téléphone se met à vibrer : "Et puis je m'en voudrais sincèrement que notre relation de travail parte sur de mauvaises bases."

LUCAS, MICHEL

Le téléphone sonne dans le vide en bas, je suis tout seul dans la maison, il est tôt dans l'après-midi, j'arrive pas à me rendormir.

Comme d'hab je glande sous la couette, le regard dans le vide, les pensées qui naviguent d'un sujet insignifiant à un autre. Et puis j'attrape mon téléphone pour regarder les infos du jour : j'ouvre une dizaine d'articles, les lis, et quand j'arrive au dernier je dois vite en afficher d'autres pour pas que la journée démarre. Au bout de quelques heures je me rends compte que je fais que relire des trucs que j'ai déjà lus, ça devient chiant.

Alors je me laisse tomber du lit vers le sol, et je fais quatorze pompes, mon record du moment. Je compte sur ça pour dormir plus longtemps. Étendu à plat ventre sur le sol, je reprends mon souffle en réfléchissant à la suite de mon programme d'activités physiques : refaire une série de quatorze pompes, ou m'arrêter là. Finalement je me relève et je m'assois à mon bureau : je vais essayer de trouver de nouveaux exercices physiques sur internet. En fait y a surtout des vidéos avec des femmes, seulement quelques-unes avec des hommes. J'en lance une qui s'appelle "Séance de gym douce

– Niveau 1 sur chaise", qui me semble tout à fait appropriée.

Y a une nana avec un accent du Sud et un haut psychédélique assise sur une chaise rouge qui explique comment bouger ses bras pour que rien ne pende. Je commence à bouger les miens en suivant ses gestes. On sent qu'elle anime des cours toute la semaine aux "Aaa-llez" d'encouragement qui ponctuent ses explications. Au bout de trente secondes, j'avance la vidéo d'un quart d'heure, mais je tombe sur des exercices avec les jambes qui me disent rien du tout. Je cherche d'autres vidéos un peu plus sexy, et puis je finis par comprendre que pour ça il vaut mieux que je tape des occurrences en anglais. J'essaie "body sculpt". Les tenues sont nettement plus travaillées, et généralement assorties. Une musique dynamisante accompagne les consignes du coach, mais visiblement les participants ont pas du tout besoin de suivre ses cours : ils et elles sont déjà bodysculptés à la perfection. La synchronisation entre maître et élèves est parfaite, je dois dire.

Ma mère frappe à la porte, trois fois comme à son habitude. Je coupe le son. Elle me lance : "Il y a une part de gâteau pour toi si tu veux !" Un instant je me demande s'il s'agit de celui vendu par les enfants, mais je crois pas : il me semble que ce souvenir a au moins deux jours. Je sais plus. Et puis je l'entends s'éloigner dans le couloir.

Je regarde encore quarante minutes de body sculpt au bord de la mer. Il est évident que je ferai jamais ce genre d'exercices, et l'envie de me branler devant ces corps luisants et bronzés m'est complètement passée. Pourtant, je continue de regarder la vidéo jusqu'à la fin de la séquence d'étirements.

Je réagis juste avant que la page YouTube ne recharge une autre vidéo : j'appuie sur Pause. Je reste quelques instants immobile devant l'écran en attente de directives ou d'inspiration. Dans la liste des suggestions, y a une vidéo signée Juvénal intitulée "Bien dans son corps, bien dans sa tête", un teaser qui renvoie à leur site. J'y vais machinalement, je m'inscris pour les dix séances gratuites en ligne et je lance la première vidéo. C'est plutôt un mini-programme interactif qui me demande d'abord où je souhaite passer la séance : extérieur, intérieur. Puis seul ou en groupe. Et enfin assis, debout ou couché. Ma préparation consiste donc à ne rien faire, j'aime bien. Ça commence par un peu de méditation, respirer par le ventre et se concentrer sur le flux d'air, et puis une petite musique électro monte en volume pour accompagner un exercice d'assouplissement qui consiste à balancer la tête d'avant en arrière dans un mouvement circulaire. Et puis reculer la chaise et balancer tout le haut du-corps d'avant en arrière, comme un enfant abandonné dans un orphelinat russe. C'est pas désagréable, mais je me demande bien qui est attiré par cette gym d'autiste. La vidéo se poursuit avec une espèce de crawl dirigé vers l'écran, des torsions du buste, des points d'acupuncture sur les mains et les bras. J'ai jamais vu un truc pareil, j'ai l'air complètement con, j'ai pas dû brûler une demi-calorie, mais je suis chaud pour enchaîner la deuxième séance direct.

Michel Alcen Bonjour Lucas7793

Une fenêtre de tchat vient de s'ouvrir.

Michel Alcen Je suis Michel Alcen, le directeur de Juvénal, bienvenue parmi nous !

Wesh, yo.

Michel Alcen Ceci n'est pas un message automatique, Lucas, vous venez de suivre le premier chapitre de "Bien dans son corps, bien dans sa tête" en options intérieur/seul/assis et vous venez tout juste de finir. Votre adresse IP semble indiquer que vous êtes à Melun. Ça vous a plu ?

Wouah, le flip…

Michel Alcen Je suis à la recherche de personnes qui suivent nos programmes en ligne pour améliorer notre offre, ça vous intéresserait de participer ? Nous vous offrons un an d'abonnement !

Non merci. Je me déconnecte, je ferme l'onglet, le navigateur, et je supprime les cookies et toutes les données hors connexion de la dernière heure. Jamais je retournerai sur ce site de tarés.

À la place je vais plutôt me taper cette part de gâteau au chocolat dont je viens de me souvenir et qui m'attend dans son assiette posée à terre dans le couloir. Après avoir rabattu l'écran je vais coller mon oreille à la porte et j'écoute le silence quelques instants, avant de la déverrouiller avec le moins de bruit possible et de l'ouvrir tout doucement.

Une violente poussée venue du couloir écrase la porte contre mon épaule.

"Ouvre ça tout de suite !"

C'est mon père.

"Ah tu veux bouffer du gâteau ?!"

Il est furax.

"Je vais t'en faire bouffer, moi, du gâteau !"

J'appuie de toutes mes forces contre la porte entrouverte.

"Tiens, mange !"

Il me balance des bouts de gâteau au chocolat par l'entrebâillement.

"Et la recherche de boulot, ça avance !?!"

Il m'écrase des bouts de gâteau sur la tête, j'en ai plein les cheveux.

"T'as trouvé des pistes, peut-être ?!"

Il pousse fort de l'autre côté, le connard.

"Dans ton lit !?"

Mais je tiens bon.

"Hein, petit salopiaud !"

J'imagine très bien son visage écarlate, je peux même sentir son haleine qui pue.

"Et tu crois que je vais rester comme ça, sans rien faire ?!"

Il monte dans les tours.

"Te laisser à ta vie de patachon ? Tranquille ? Pas trop fatigué au fait ?!"

Il commence à mettre des à-coups dans la porte.

"Tu vas ouvrir cette porte, bordel ?!"

J'ai la poignée bien en main, je suis calé sur mes appuis.

"Quand je pense que c'est nous qui l'avons fait, ce gamin !"

J'ai fait des pompes tout à l'heure, je sens mes muscles.

"Mais arrête, Jean ! Arrête ! Tu es devenu complètement fou !"

Ma mère intervient.

"Ah faut rien dire !"

J'observe le pied du lit.

"Tout est normal !"

Il peut me servir d'appui.

"Amen !"

Je cale mon pied contre et je pousse rudement fort.

"Jean !"

J'arrive à repousser la porte et à tourner le verrou. Niqué, le connard.

"Ah t'es contente ?! Bravo ! J'en ai marre qu'il soit là à rien foutre ! Qu'est-ce que c'est que ça ? Dans son lit toute la journée ! À vingt-cinq ans ! Moi, à son âge ! Descend même pas pour dire bonjour ! Et toi, tu le défends ?! Et lui, il est là, peinard ? Et nourri-logé encore ! Blanchi ! Et avec une part de gâteau les jours de chance… avec les compliments de la maison ! Au fait, tu veux pas de crème fouettée avec ? Pour faire glisser ? Oh ! Là-dedans ! J'te parle !"

Il met des coups de poing et d'épaule, faudrait pas qu'il insiste, la porte est pas très solide.

"Tu sais encore ce que ça veut dire, parler ?! Patachon ! Guimauve ! Mais qu'est-ce qu'on a fait ?! Limace ! Je vais te sortir à grands coups de pied au cul, moi ! T'entends ça ? Par la peau des fesses ! J'te préviens va falloir que ça change ! Et si tu veux pas… T'inquiète pas… Y a d'autres solutions ! J'ai pas la patience de ta mère, moi ! Faut pas me prendre pour un con ! Ça suffit, tu m'entends ? Ça suffit ! Les malades, faut les soigner ! Camisole ! Électrochocs ! Maison de repos ! Ah ! Ça devrait te plaire ! C'est pas un hôpital psychiatrique, ici ! C'est chez moi ! Chez moi, t'entends ? Va chercher du boulot, bordel ! Ou c'est le trou, nom de Dieu ! Le trou !"

J'avais pas prévu le coup de l'hospitalisation forcée. Connard. Je m'assois sur le bord de mon lit, genoux joints, mains jointes, le front posé dessus. Je me balance gentiment d'avant en arrière, y a que comme ça que la boule qui me remplit tout le ventre et la gorge et les cervicales passe au bout d'un moment au bout de plusieurs heures en fait bien après que ma mâchoire a commencé à me faire mal à force de serrer les dents alors j'expire tout ce que je peux de ce trop-plein de vide je pense à rien d'autre si je me relâche ne serait-ce que cinq secondes c'est l'abîme pleine face… Inspire ! Expire ! J'expire, hun, hun, chaque fois que je balance vers l'avant, hun, hun, le vide doit retrouver sa place, hun, hun, écoper, hun, le surplus, hun, écoper pour pas couler, hun, hun, délester, hun, délester encore, hun, à la petite cuillère, hun, hun, penser à rien, hun, hun, à rien, hun, rien ! Hun, hun, hun, hun, hun.

MICHEL

Michel Alcen inspire profondément : l'heure du dîner approche. Il part au restaurant en taxi, il aime aller à ses rendez-vous importants en taxi, il a remarqué que ça l'aidait à avoir de la contenance : donner un ordre bref, se faire conduire en regardant défiler la ville, donner de l'argent à quelqu'un qui, quand il est bon, sait se taire. Ce n'est pas très loin de chez lui cette fois, c'en est même presque ridicule d'y aller en voiture ; ça lui donne encore plus d'assurance.

Irène Hilmec est déjà là. Décidément, se dit Michel, ce n'est pas le genre de femme qui se laisse surprendre facilement. Elle porte un chemisier noir à fleurs imprimées, qui surplombe semble-t-il une jupe rouge simple mais bien taillée. Michel s'apprête à l'aborder par un compliment sur sa tenue avant de se rappeler de justesse la fin de leur dernière entrevue et de se raviser.

“Bonsoir, Michel. Qu'est-il arrivé à votre nœud de cravate ?

— Oh, eh bien… Cette matière me donne du fil à retordre”, répond-il, rougissant, déjà humilié.

Ils commandent distraitement un menu “découverte” à cent cinquante euros, prennent un verre de vin qu'ils manipulent régulièrement mais en le reposant intact la plupart du temps. L'essentiel n'est pas là.

"Écoutez, Irène, Juvénal a ouvert il y a six ans, tous les feux sont au vert. On parle de nous à l'international, le taux de remplissage est excellent. Du reste, le taux de satisfaction est plus qu'honorable, le taux de recommandation est tout bonnement invraisemblable. Vous allez gagner de l'argent dans trois ou quatre ans alors que nous avions parié sur un retour sur investissement au douzième exercice. Je ne vous demande pas l'impossible, juste de quoi anticiper l'évolution de notre modeste entreprise.

— Deux cents millions, tout de même.

— Certes, mais étalés sur six ans.

— J'ai bien étudié votre business model, Michel, et il m'a beaucoup interrogée. J'ai même demandé son avis à un cabinet extérieur – en toute confidentialité, bien sûr – qui a mené une analyse poussée. Leurs conclusions ne sont pas à proprement parler négatives, mais ils nous enjoignent d'être extrêmement prudents."

Un instant Michel pense à sa cravate nouée de travers et à l'impeccable jupe d'Irène, mais elle reprend aussitôt :

"Juvénal est une entreprise indiscutablement fascinante, et la visite de l'autre jour m'en a convaincue. Mais elle évolue dans un secteur très concurrentiel, et les investissements sont énormes. Tout écart pourrait être fatal, pour l'entreprise, pour vous personnellement, et accessoirement pour ma carrière. Or je dois vous confesser que je tiens à cette dernière. Assez fortement, je dois dire." Elle lui adresse un sourire appuyé en gardant les lèvres jointes.

“Mais si nous nous endormons sur nos lauriers, la concurrence va nous rattraper ! Nous devons continuer à étoffer notre offre et ouvrir d’urgence de nouveaux centres. Nous avons le plan de développement, les équipes, les idées. Il ne manque plus que vos financements !

— Quel genre d’idées, Michel ?

— Il y en a mille ! Tenez, par exemple, l’escalier de la persévérance.

— Qu’est-ce que c’est que ça ?

— Imaginez un puzzle de trois mille pièces. Vous avez quinze jours, à raison d’une heure par jour, pour en venir à bout. Là où ça se complique, c’est que le puzzle se trouve chaque jour dans une pièce différente. Sept étages, trois pièces par étage, pas d’ascenseur : il vous faut chaque jour faire preuve d’abnégation pour trouver la bonne pièce avant de pouvoir avancer sur votre puzzle ! Une mise en abyme grandeur nature ! En deux semaines vous devenez d’une ténacité sans pareille, ce qui est fort utile en ce bas monde, tout en vous amusant et en faisant de l’exercice physique. Les premiers tests suggèrent un grand succès !

— Eh bien c’est… intéressant.

— Ou le package d’amis Facebook ! Moyennant un abonnement annuel, vous pouvez vous constituer un réseau de relations qui vous tiendront informé de leur actualité, likeront la vôtre, la commenteront, et vous souhaiteront un joyeux anniversaire.

— C’est grotesque, qui ferait ça ?

— Détrompez-vous ! Vous savez qu’au Japon vous pouvez louer les services d’un ou d’une amie pendant une heure ou deux, qui ira boire un verre avec vous et vous faire la conversation ?

— Non, je ne le savais pas. Mais Juvénal dispose déjà d'un budget R&D conséquent, pourquoi ne pas le mettre à contribution ?

— Il n'y suffit pas, bien sûr ! Surtout que nous sommes en train de passer à côté de tout un segment du marché dont il serait dommage de se priver.

— Lequel ?

— Je ne sais pas bien encore, d'où le besoin de financement. Mais réfléchissez : tous les individus sont en compétition, du champ professionnel à la sphère intime, en passant par tous les aspects de la vie sociale, et Juvénal est là pour les aider à relever le défi. Mais que faisons-nous des autres ?

— Quels autres ?

— Ceux qui n'y arrivent pas, qui ne veulent pas, ceux qui s'excluent du jeu et le regardent depuis les tribunes ! Ce sont des milliers, des dizaines de milliers, voire des millions de gens, Irène ! Tenez, la semaine dernière j'ai tenté d'entrer en communication avec un type de Melun qui suit nos programmes en ligne, eh bien figurez-vous qu'il ne m'a pas décroché un mot. Pensez-vous qu'il vienne un jour physiquement au centre ? Jamais ! Et pourtant les gens comme lui, forcément, ont des besoins auxquels nous pouvons répondre. Lesquels précisément, je ne le sais pas encore… Ce que je sais, c'est que le potentiel est immense, et que plus tôt Juvénal saura structurer ce marché, plus tôt sa position dominante sera consolidée."

Irène se redresse sur sa chaise et marque une pause, regardant fixement Michel.

"Vous savez bien que le problème n'est pas que financier. Les voix discordantes se font de plus en plus entendre. Ouvrez les yeux : ces derniers mois, les articles critiques se sont multipliés dans la presse, le

Comité consultatif national d'éthique s'est autosaisi pour émettre un avis à propos de Juvénal, vos centres sont l'objet de caricatures sur les réseaux sociaux. On vous accuse de transhumanisme, on vous appelle « Alkenstein », toutes les autorités religieuses du pays sont contre vous, et je ne vous parle même pas des milieux universitaires et des intellectuels en général. Et vous nous proposez de… rentabiliser la marginalité ?

— Vous n'allez pas me dire que vous vous laissez influencer par tous ces culs-bénits et par ces gauchistes de la fac que plus personne n'écoute depuis bien longtemps ?

— Je défends les intérêts de notre Groupe, au cas où vous auriez oublié ce petit détail. Et notre Groupe est dans le private equity, pas dans le venture capital : la course de fond, rationalisée, gérée, en aucun cas le casino. Vos idées ne sont pas inintéressantes, je dois dire, mais vous ne pourrez pas compter sur le Groupe pour l'instant. Pour nous, il est prioritaire de consolider les comptes, de fidéliser la clientèle, de stabiliser l'image de la marque. Et d'augmenter la rentabilité. Juvénal doit gagner de l'argent plus vite que vous ne semblez le penser, Michel, l'ère des start-up dans lesquelles on investit à fonds perdu est terminée. Aujourd'hui, il nous faut du cash, ou au moins des datas.

Mais je comprends votre impatience : rien ne vous empêche de trouver les marges dans votre budget ou de financer vous-même votre prospective, si vous voulez avancer sans plus attendre. Je suis sûre que vous en avez les ressources. Je connais une universitaire qui a travaillé sur l'exclusion, je peux lui en parler, si vous le souhaitez."

Michel Alcen est chez lui, assis dans le fauteuil assorti à son canapé, un verre de whisky à la main malgré son foie qui le tiraille. Du Lagavulin, c'est le meilleur dont dispose le Carrefour Market. Il réfléchit. Il regrette en ce moment de ne pas être fumeur, car ce serait le contexte parfait pour griller une cigarette. Il poursuit en se disant que les innovations de Juvénal finiront par être financées, au vu de l'impératif de renouvellement d'un tel marché. Tout cela n'est qu'une question de temps, le marché des complexés n'a jamais été aussi solvable, la compétition pour sortir de la masse jamais aussi âpre.

Mais c'est le marché des losers et des solitaires qui le préoccupe et qui lui fait se resservir un whisky. Il est persuadé que tout un chacun souhaite avoir un minimum de relations sociales, et être plus ou moins au centre de celles-ci. Juvénal essaie d'aider ses membres à devenir les stars de leurs groupes sociaux, et pas seulement sur Facebook, mais que peuvent-ils faire lorsqu'il n'existe pas de groupe social ? En créer un *ex nihilo* ? S'en passer ? Et comment rentabiliser une population qui s'exclut d'elle-même du champ de production ? Et comment attirer cette clientèle ?

Ces questionnements rappellent à Michel les débuts de Juvénal. Il se demandait alors comment utiliser le couple de stimuli récompense/sanction pour fidéliser un groupe de fans au profit d'un seul individu, comment rendre la présence d'autrui encore supportable quand chacun aspire à devenir une star, comment trouver les spectateurs quand tous souhaitent être au centre de la scène. Il avait fini par résoudre ces questions, réussi à faire en sorte que le narcissisme se réfléchisse dans ses propres miroirs par l'autoévaluation, à s'appuyer sur le truchement panoptique généralisé des réseaux sociaux, à créer les conditions d'une production autofictionnelle continue et autosuffisante. Mais Michel semble aujourd'hui coincé dans une nouvelle impasse ontologique.

Afin de prendre un peu de recul, il commence à se masturber distraitement tout en recherchant une vidéo porno où l'actrice ressemblerait vaguement à Irène. Ou du moins à l'image que Michel se fait quand il imagine Irène jeune. Il tombe assez rapidement sur une actrice tchèque dont les traits se rapprochent étonnamment de ceux de la directrice financière. En fait c'est elle, avec des cheveux courts et bruns, et quarante ans de moins : Michel, à l'onanisme d'ordinaire fonctionnel, est fasciné. L'actrice regarde la caméra bien en face, Irène regarde Michel, avec le doigt elle lui fait signe de s'approcher, Michel, pétrifié, essaie de ne pas glisser vers ce corps qui l'aspire, mais Irène est si sûre d'elle, le désir si intense qu'il ne peut bientôt plus répondre de rien.

Après avoir éjaculé violemment, les pensées de Michel, malgré la sueur qui trouble sa vue, deviennent plus ordonnées.

Premièrement, il lui faut impérativement avancer sur le volet du marché de l'exclusion, discrètement et à son échelle peut-être, mais avant ses concurrents. L'ubiquité des initiatives est bien trop forte pour se payer le luxe de remiser ses idées dans un tiroir. Deuxièmement, et comme le prévoyait Irène, il va lui falloir trouver son propre argent pour y parvenir.

MÉLANIE

Il se passe rien, tout est blanc.

Comme dans un désert.

Avec du vert là, un peu sur la gauche… Ou alors un peu plus haut… Une oasis ?

La chaleur là-dedans ! Détrempée, allongée, flaque molle et collante, viande à mouches suintante qui se tient trop chaud, écrasée, le vide pesant et silencieux.

Yeux, synapses collées au dernier degré, état végétatif, penser est impossible. Mes membres lourds et engourdis, mon cerveau aussi. Ma bouche hyper pâteuse. Pas mal de bruits de fond, un gros magma qui bourdonne.

C'est pas une oasis, c'est une plante verte. Elle se détache maintenant sur le mur blanc, la même couleur que le plafond, je crois, au sol c'est sombre, c'est différent. Rien qui bouge. Pas le moindre mouvement, aucune interaction, tout plombé d'immobilité. Des meubles Ikea qui font pas attention à moi. Des vêtements qui jonchent le sol et qui dorment encore. Une guitare dans un coin qui m'évoque rien. J'ai les pieds plus hauts que la tête, je crois. Putain de mouche qui m'emmerde.

J'ai les joues qui suintent, l'estomac qui baigne dans sa houle, les dents qui grattent. Un filet d'air se déplace doucement sur ma peau, froid chaud, chair de poule. Manifestement je suis couchée sur le côté, en demi chien de fusil, dans un plumard. J'ai mal aux yeux, au bide, à la gorge. J'ai mal partout en fait. J'éprouve une fatigue physique insondable.

Putain la gueule de bois que je me paie !

Rien que de reprendre conscience me déchire le crâne. Je finis par distinguer les bruits de moteurs et de klaxons de la rue, l'odeur d'alcool écœurante de ma sueur, le goût de cendrier dans la bouche. Mais il y a un truc qui me taraude de plus en plus et qui commence à prendre le dessus sur tout le reste : je connais pas cet endroit. Jamais vu. Inconnu au bataillon.

Derrière moi surgissent alors un léger froissement, une expiration appuyée ; le matelas bouge. Qu'est-ce que… Je me retourne tout doucement : il y a là un type qui dort la bouche ouverte, sur le dos, complètement à poil. Oh merde… Son visage moustachu me dit vaguement quelque chose… Hier soir dans le bar ? Le grand frisé ? Le mec n'est pas très beau en vrai, genre blafard à couperose. Il doit faire de la muscu mais il a quand même l'air rachitique ; il a un peu de morve au coin du nez, ça commence à coller dans les poils. Il a mis une main sur ses couilles dans son sommeil… J'ai dû baiser avec ça. Enfin, faut croire. J'ai un peu envie de vomir, mais surtout de disparaître sur-le-champ, de ne plus exister, d'effacer ça de l'historique. Quel connard le mec ! C'est à la limite du viol ! Je lui cracherais bien dessus.

Quelle connasse je suis aussi…

L'image d'Elsa me traverse la tête pile à ce moment-là. Chouette. Tout se réactive en une seconde, et je sais que le signal d'une longue journée de lutte et de tristesse vient d'être donné. Jusque-là c'était horrible, c'est d'un coup devenu pire : faut que je me casse.

J'arrive à sortir ma carcasse bileuse de la chambre sans réveiller le moustachu, je m'habille dans le couloir aussi vite que je peux, et je pousse la porte d'entrée si lentement que je manque de me rendormir avec la poignée dans la main. Adieu, machin ! J'espère que je ne t'ai pas filé mon numéro.

Dehors le ciel est gris et bas, un peu plat même, un vrai ciel parisien. Sur mon téléphone je dois lire quatre fois les lignes tremblantes du texto de ma mère. Est-ce que je viendrai la voir pour les vacances. Je suis à deux doigts de répondre avant de me raviser : je ne vois pas comment je pourrais ne pas être brutale. Je verrai plus tard. Le téléphone vibre de nouveau : c'est ma tante cette fois, qui me propose un thé en fin de journée. Bon. Il faut d'urgence que je me trouve un café.

Je trouve un truc à peu près vide en retrait du boulevard. Je ne pense pas que Machin me poursuive, mais j'aime autant ne pas prendre le risque. Je commande un café double, un grand verre d'eau, et un des croissants qui traînent sur le comptoir, faut savoir investir. En attendant que ça arrive je vais faire un tour aux toilettes. Elles sont tapissées de mosaïques miroir qui me font mal aux yeux, mais j'arrive malgré tout à les ouvrir pour me regarder dans la glace. Les dégâts sont considérables. J'ai les cheveux gras, des poches sous les yeux, une peau d'alcoolo : je ressemble à une clodo. Je me brosse les dents avec le doigt, me rince la face, me mouche comme un footballeur. L'image d'Elsa réapparaît furtivement dans le coude chromé du sèche-main. Je compte plus les cuites depuis qu'elle m'a quittée, mais les apparitions continuent. Coucou ! Ça devient lassant.

Le patron m'apporte le café et le reste. Il m'encaisse tout de suite, il doit pas trop avoir confiance en moi et ma tête de déglingos. Qu'il aille se faire foutre. J'envoie un texto à Leïla pour lui demander si par hasard elle aurait une idée de l'identité du moustachu. Elle me répond "Ton prince charmant, Cendrillon", et je commence à siroter mon café. Elle est drôle, Leïla, elle a la déconne chevillée au corps, elle me fait bien rire en général même si bon, là, ha ha, je suis pas hyper réceptive. J'avale péniblement la moitié du croissant et je dois retourner aux toilettes. Quand j'en ressors le patron a débarrassé ma table, le reste du croissant, le fond du café et ce foutu verre de flotte. Je lui fais un doigt d'honneur à ce gros connard, enfin dans ma tête parce qu'en vrai sa petite humiliation me mine. Je surjoue la pauvre meuf en franchissant la porte tête baissée, avant de tourner au coin de la rue sous la pluie naissante.

Foutue pluie. En à peine dix minutes de trajet jusqu'à Belleville, je me fais littéralement rincer. Alors que je traverse la rue Ramponeau, dernière étape, une bagnole qui arrive à toute allure couine dans un grand bruit de freins pour s'arrêter à quelques centimètres de moi. Le mec à l'intérieur du gros 4×4 tout neuf commence à m'insulter en faisant de grands gestes, il klaxonne pour ponctuer des phrases que personne n'entend, on le voit devenir de plus en plus rouge à force d'éructer, de me montrer du doigt, de balancer sa tête, chauve, à droite, à gauche, à droite.

Moi, la pluie, ça m'a réveillée.

Je me tourne pour lui faire face, et je le regarde bien au fond de ses yeux de gros con. J'enjambe froidement le pare-buffle chromé pour monter debout sur son capot : alors il te plaît ton nouveau bouchon de radiateur ? Je me rapproche du pare-brise en continuant à le fixer, un pied devant l'autre, je me rapproche, je le lâche pas du regard, même quand je tombe à genoux sur ses essuie-glaces qui geignent de ne plus pouvoir balayer. L'autre s'est raidi, il n'a plus rien à dire d'un coup. Je lui colle mes deux doigts sur le pare-brise avec toute la haine dont je suis capable en guise d'explication, avec un gros mollard dans la vitre en prime. Monsieur se tasse, attend que l'orage passe.

J'arrive enfin chez moi, mi-soulagée d'avoir pu passer ma colère sur quelqu'un, mi-honteuse de m'être comportée comme le dernier des beaufs virils. Je jette le courrier sur la table et moi sur le canapé. Ça me recolle tous les vêtements détrempés sur la peau : hyper désagréable. Alors je file sous la douche, bien chaude et prolongée, j'ai beaucoup de choses à rincer. Quand je ferme les yeux sous l'eau, les visages d'Elsa, du moustachu à la morve au nez et de l'assassin en 4×4 apparaissent aléatoirement. Je dois encore avoir pas mal de grammes dans le sang. Toutes ces images finissent par s'estomper jusqu'à ce qu'il n'en reste qu'une, évasive, d'Elsa flottant dans la vapeur.

Retourner me vautrer sur le canapé me semble être la meilleure option, c'est chaud et sec cette fois, définitivement le meilleur endroit du dimanche, enfin de mes derniers dimanches à moi en tout cas. Leïla m'envoie un texto pour me proposer un apéro, mais je n'ai pas l'énergie pour trouver la bonne répartie, alors je laisse tomber. Il me reste quelques heures avant d'aller voir ma tante, ça devrait suffire à me remettre un minimum d'aplomb.

Je zone sur Facebook, essaie de lire quelques articles sur lemonde.fr ou lundimatin, mais je suis obligée de relire les phrases en boucle sans jamais arriver à en atteindre le sens. La lecture en général ça marche bien sur moi pour me sortir du présent et me faire passer à autre chose. Mais bon, faut savoir reconnaître ses limites, je n'essaie même pas d'ouvrir mon bouquin. Je fais plutôt défiler quelques mecs sur Tinder, sans aller bien loin : ils ressemblent tous au moustachu, ça me fout limite la gerbe. Je me résous donc à passer à la prochaine étape du plan dominical : un bon plat de pâtes, assaisonnées d'un généreux morceau de beurre et d'un peu de ketchup. Ça va tout de suite mieux. Pour le dessert, j'ouvre mon courrier.

Il y a une facture EDF, quatre-vingt-dix balles pour vingt-cinq mètres carrés, soit un ordi, un frigo et une douche, ça me dépasse un peu. La facture retourne dans l'enveloppe, j'essaierai de penser à me révolter plus tard. L'autre courrier vient de Paris-Diderot, la fac pour laquelle je fais des vacations depuis deux ans. Ça doit être un récapitulatif d'heures ou le paiement de cours donnés il y a six mois. Chelou, il y a beaucoup de papiers pour une simple formalité… Une fiche de paie, un certificat de travail, une feuille Assedic… Et un reçu pour solde de tout compte ?! C'est quoi ce délire… Je retourne les feuilles, vide l'enveloppe, relis tout… Martinot, la directrice du master, m'a assuré que rien ne changerait l'an prochain, et même Vandenbussche le secrétaire m'a dit "À septembre alors" après mon dernier cours. Ah, là, le coup de stabilo : "Motif : non-renouvellement de contrat". C'est pas vrai ! Mais quelles ordures ! Putain mais ils m'annoncent ça à dix jours de la rentrée mais quelle bande d'enfoirés ! Merde !

Je chiale tout ce que je peux en zigzaguant dans mon appart, coups d'épaule dans les murs, coups de genou dans les meubles, un verre qui traîne en fait les frais, du coup un autre est sacrifié rageusement contre le sol, il me semble que je crie aussi, je lâche des jurons, ça, c'est sûr, avant de retrouver peu à peu le rythme normal de ma respiration.

Les gros bâtards.

J'allume une clope ventrue et me laisse basculer sur le dos, allongée sur le sol. La fumée qui s'élève m'aide à redescendre. En vrai ce cirque de l'université me fatigue profondément. Se battre pour des postes de merde après avoir bûché pendant dix ans, dans une survie pas franchement relative en espérant enfin obtenir une titularisation, si possible rattachée à un laboratoire chouette et pas sur la paille, cinq ans d'études, six de thèse mâtinés de multiples postes d'ater qui bouffent tout le temps de recherche, attention à bien choisir sa direction, et puis c'est le postdoc, les vacations, la recherche de financements continuelle, la concurrence avec les autres thésards réduits à donner des cours de soutien, tout ça pour la gloire de la psychosociologie, du savoir et de la recherche, ce cirque donc, avec ses clowns, ses dresseurs et ses acrobates me semble soudainement tout à fait vain et superfétatoire.

Je m'en roule une deuxième, j'ai fumé la première hyper vite.

Ma carrière de chercheuse n'a fait que patiner jusque-là, si tant est qu'on puisse dire qu'elle ait jamais été lancée. En vrai la psychosocio ça m'intéresse, mes axes de travail aussi, mais j'ai subitement un affreux doute sur le degré de sacrifice que je suis prête à y consentir. J'ai toujours essayé de trouver du plaisir dans mes études, en espérant qu'il se retrouve dans le travail. Je ne m'étais jamais doutée qu'il faudrait aussi en trouver dans le combat pour en avoir un. Un combat bien plus long que prévu, quand j'y pense. Le courrier gît à côté de moi, je cendre machinalement dessus. Seule au milieu des volutes, les coquillettes remplissant doucement leur office, il me semble d'un coup évident que je suis arrivée à un point de saturation ultime : je ne retournerai plus jamais à la fac.

J'ai bien envie de me faire une troisième clope pour fêter ça, mais je m'envoie plutôt un verre d'eau. J'ai trente ans, une énorme gueule de bois, et bientôt plus de fric. Il va sans dire que je suis célibataire. Ma seule longue histoire d'amour a duré six ans, avant que Julien ne me largue comme une merde – si tant est qu'il y ait d'autres manières de se faire larguer – pour une autre meuf "parce qu'il y avait quelque chose de particulier entre eux". Pauvre type. Il était surtout fatigué de notre relation, et l'autre nana avec qui il n'avait pas beaucoup de points communs était surtout beaucoup plus jolie que moi. Et que lui, si bien qu'elle l'a jeté quelques mois plus tard. Ça m'a fait plaisir, j'ai bien ricané j'avoue. Mais j'ai bien eu mal l'année qui a suivi. Peut-être même celle d'après.

Je vais me la faire, cette clope, finalement.

Quand j'ai rencontré Elsa, ça ne m'était encore jamais venu à l'esprit de coucher avec des filles. Je ne sais pas si c'est l'alcool ou le côté soirée en squat à Saint-Ouen, mais elle a bien réussi son coup. Et elle m'a sortie de mon trou. Elle m'a appris à me sentir belle et singulière, m'a fait rencontrer le milieu anarcho de la ville, les queers et les féministes radicales qui gravitent autour, on parlait énormément, et pas seulement de la soirée qu'on venait de passer comme avec Julien. Grosse bouffée d'oxygène, Elsa.

On peut dire aussi que c'est elle qui a construit ma culture politique. Avant, ouais, j'étais de gauche par habitude, je trouvais qu'on traitait mal les sans-papiers et qu'on ne faisait pas assez d'efforts pour l'écologie. Je votais soc-dém' ou écolos quoi, et je montais pas sur les capots des 4×4. Elsa, elle, était entière, droite et franche et combative, j'ai appris énormément à ses côtés. Elle m'a agrandi la vision des choses. Elle m'a fait prendre conscience qu'il y avait un léger problème entre les hommes et les femmes, que l'État n'était pas qu'un gigantesque organisme consacré à l'intérêt général, que derrière les grands discours il y avait toujours la même barrière avec les mêmes gagnants et les mêmes perdants de chaque côté depuis deux siècles. Le tout en me questionnant, en discutant, en me demandant mon avis, jamais en me donnant des leçons sur quoi que ce soit.

En balayant les débris de verre éclatés dans tout l'appart, je me laisse aller au souvenir des moments heureux qu'on a partagés toutes les deux. Les teufs sauvages, le petit vandalisme, les manifs émeutières, c'était joyeux, libérateur, je ne me suis jamais sentie aussi vivante que dans ces instants-là, même les couleurs étaient plus colorées. Et puis en vidant les tessons dans la poubelle, c'est la chute qui prend le dessus. L'apparition de l'autre meuf, le départ soudain pour le Québec, les explications pourries mises sur le dos du polyamour. L'abandon, encore une fois, la trahison.

J'ai une envie subite de passer la serpillière. Je vais pas éternellement me bourrer la gueule et finir mes soirées avec des moustachus, compter les apparitions dans les sèche-mains. Va falloir trouver du taf, changer d'appart, et boire un peu plus d'eau minérale si je veux pas finir avec la gueule de Johnny avant mes trente-cinq ans.

MICHEL

André Mareuil sirote sa Vichy Célestins-citron en écoutant Michel Alcen. Ils se sont retrouvés dans l'arrière-salle discrète et feutrée d'une pizzéria tout à fait ordinaire du 15e, un restaurant relativement médiocre malgré ses délicieux fondants au chocolat. Ils s'y rencontrent souvent car il n'y a à peu près aucune chance qu'ils tombent ici sur une relation professionnelle. André et Michel se sont connus au lycée Saint-Louis-de-Gonzague il y a plus de quarante ans. Et, parce qu'ils sont très différents l'un de l'autre, chacun a immédiatement saisi chez son vis-à-vis les ressorts de sa nature profonde, pour mieux se laisser séduire : Michel dans sa vivacité expansive et bouillonnante retrouvant dans la froideur bienveillante et mesurée d'André tout ce qui lui faisait défaut, et vice versa. Ils n'avaient jamais perdu contact, ils se revoyaient toujours lorsque Michel suivait les cours à la faculté de médecine alors qu'André avait opté pour HEC, puis, quand Michel avait ouvert sa clinique, André lui avait prêté un peu d'argent grâce aux premiers contrats décrochés par la Sofrati, à l'époque une des rares sociétés informatiques françaises, dont Michel utiliserait plus tard abondamment les services. Il avait assisté au mariage d'André, et était même devenu le parrain de sa deuxième fille, dont il oubliait fréquemment le prénom. Chacun avait vieilli de manière très différente. André faisait dix ans de plus que Michel, peut-être à cause de ses sourcils broussailleux qu'il refusait de faire épiler. Il prenait plaisir à s'appuyer sur une canne à pommeau même s'il n'en avait aucunement besoin, et sa voix basse et son phrasé lent complétaient à merveille l'incarnation de vieux sage lucide qu'il avait développée.

Michel, du fait de son métier, avait toujours accordé extrêmement d'importance à son image d'entrepreneur dynamique. Loin de Juvénal, il y avait un petit salon d'esthétique discret à côté de chez lui où il se rendait une fois tous les quinze jours. On lui arrachait les poils disgracieux des oreilles, des narines et des sourcils, on lui coupait et lui limait les ongles pendant qu'un masque d'argile verte permettait d'hydrater et d'exfolier la peau abîmée de son visage. Malgré ces soins réguliers, Michel dégageait un charme plus banal qu'André qui inspirait immédiatement la confiance et la bienveillance. Michel avait toujours l'air plus ou moins exalté, clignant rarement des yeux, ses iris se détachaient même complètement sur ses sclérotiques immaculées lorsqu'il s'enthousiasmait pour un sujet ou pour un autre. Alors qu'André incarnait à la fois la sérénité paternelle, la douceur de l'amant et la solidité du confident, Michel faisait plutôt penser à un VRP cocaïnomane capable de vendre n'importe quoi.

Bref, chacun avait suivi la carrière du physique de l'autre.

Après les banalités d'usage, qui consistent à faire un rapide panorama de l'actualité de chacun, tout en ponctuant la conversation de quelques remarques générales sur l'époque, ainsi que du rappel de faits biographiques valorisants, Michel en vient à l'objet de leur entrevue. Il veut savoir si le rachat de Juvénal par un autre groupe financier que celui d'Irène est une option envisageable.

"Nous avons, je crois, une divergence assez fondamentale sur le rythme à donner au développement de notre petite affaire. Ils veulent toujours avancer à pas de loup, jamais faire de vagues : j'ai l'impression d'avoir affaire à des gestionnaires de livrets A !

— Pourtant j'ai lu l'article sur l'utilisation de la réalité virtuelle dans vos séances de coaching : Juvénal dégage indubitablement une image d'entreprise innovante. Qu'est-ce qui te fait penser que d'autres investisseurs prendront plus de risques ?

— L'appât du gain, bien sûr ! Qui est conséquent maintenant que le business est sur les rails... Peut-être même qu'il pourrait t'intéresser, toi, si tu voulais transformer tes économies honnêtes en véritable fortune à léguer à tes enfants."

André sourit, et marque une légère pause avant de reprendre :

"Vois-tu, il y a quelques impondérables qui rendent les choses un peu plus compliquées que tu ne le penses. D'abord Irène Hilmec représente un groupe très puissant qui est impliqué à une échelle ou à une autre dans toutes les affaires importantes de ce pays. Qui prendrait le risque de leur déclarer la guerre ? Ensuite l'innovation que représente ton centre et l'effet de nouveauté qui en a découlé vont fatalement s'essouffler. Quels rendements garantis-tu ?

— Mais c'est justement pour ça que j'ai besoin d'argent frais ! Il faut renouveler l'offre à un rythme élevé jusqu'à faire de Juvénal une référence incontournable pour qui veut réussir dans notre société. Du reste, il n'y a pas besoin d'investissements considérables, à vrai dire il en faut surtout pour la prospective.

— Quelles sont tes pistes ?

— On va chercher toute la masse des inadaptés pour leur proposer une offre elle aussi sur mesure, mais radicalement différente. Il ne s'agit plus de valoriser les individus pour les rendre compétitifs, mais de leur faciliter la vie par un bouquet de services répondant à leur refus de la compétition.

— Je ne vois pas ce que tu apporterais de plus que le RSA.

— La paix, André, on leur fout la paix ! On ne parle plus d'insertion, de contrat d'engagement, de projet professionnel, d'objectifs. On les aide à assumer leur choix. Vous voulez rester sur le bord de la route ? Très bien ! Juvénal vous fournit la chaise, avec les accoudoirs, et une petite citronnade.

— Plutôt le revenu universel alors ? Mais comment veux-tu générer de la rentabilité ?

— Là-dessus j'ai quelques idées bien à moi, ment Michel.

— Hmm. Je n'arrive pas à tout comprendre chez toi. Nous avons soixante-cinq ans, toi et moi, et au mieux une ou deux réalisations majeures devant nous. Ton affaire ne marche pas si mal, me suis-je laissé dire, Juvénal représente visiblement un challenge prenant, tu es médiatique, observé, suivi, riche, et dans une forme toujours aussi étonnante. Tu pourrais continuer à faire confiance au Groupe et avancer tranquillement, sereinement, mais non, tu cherches encore à courir au-dessus du vide, à avancer à marche forcée, à ruer dans les brancards, si tu me passes l'expression.

— Tu me connais, ma volonté c'est mon instinct vital… Alors, tu vas m'aider, oui ou non ?

— Je vais te prêter de l'argent, Michel, tu sais bien que tu peux compter sur moi. Mais je ne pourrai rien faire pour t'appuyer auprès d'autres investisseurs. Patiente, prends le temps de développer Juvénal tranquillement et de laisser la confiance s'installer, ce sera le plus court chemin pour atteindre tes buts."

Les deux amis vident leur limoncello sans vraiment y prêter attention, tandis que Michel prend des nouvelles de sa filleule dont il vient de se remémorer l'existence. Il s'agit de ne pas trop montrer à André l'étendue de sa déception. Pour bien marquer sa désinvolture, il prend même un bonbon acidulé sur le comptoir au moment de régler l'addition.

Alors qu'ils sont sur le point de quitter le restaurant, Michel sent derrière lui le souffle chaud d'André qui lui glisse à l'oreille : "Te rappelles-tu Catherine, qui était avec nous à Saint-Louis ? Elle est psychologue aujourd'hui, cheffe de service à Sainte-Anne. Je crois que tu devrais l'appeler."

Michel décide de rentrer à pied pour se remettre les idées en place. Même André, son allié le plus fidèle, son ami le plus intime, a des réserves : c'est un nouvel échec. Puisque personne n'est disposé à le suivre, il faudra bien qu'il avance tout seul. Il lui faudra appeler cette universitaire qu'Irène n'a pas réussi à convaincre, et puis cette Catherine dont il se souvient à peine. Il faudra aussi qu'il en recrute, des reclus, des rejetés, des recalés, s'il ne veut pas tourner à vide. Il a enfin besoin d'un peu de fonds pour établir un diagnostic, une méthodologie, et mener quelques expérimentations. Il a quelques sicav dont il ne fait rien, ainsi que d'autres placements boursiers peu risqués. Il y a bien cette propriété héritée de ses parents, dans le Sud de la Drôme, qu'il pourrait revendre. La dernière fois il y est allé pour une semaine, mais il en est reparti au bout de trois jours. Après force heures de lecture et de balades champêtres, il s'est retrouvé face à un ennui profond dont il a voulu se départir au plus vite.

Il en est là dans ses pensées, pas tout à fait rassuré par ses projections, lorsqu'il arrive dans le hall feutré de son immeuble. Dans sa boîte aux lettres une nouvelle missive de l'hôpital l'attend, narquoise. Elle est estampillée "Urgent" cette fois-ci, en lettres majuscules rouges. Il hésite un instant avant de la fourrer dans sa poche. Tandis qu'il monte l'escalier, il marmonne pour lui-même "Z'en ont de bonnes, tiens, urgent. Être enfermé dans une chambre pendant des mois avant de crever tout seul, c'est ça qui urge ? Mes couilles, oui. Même André a dit que j'avais bonne mine." Mieux vaut s'en remettre à l'analyse la plus fiable qu'il conçoive : sitôt entré, il se sert un quinze ans d'âge bien tourbé, un double même, à la robe parfaitement dorée, qu'il sirote à petites lampées comme s'il buvait sa propre inquiétude.

MÉLANIE

Notre petit groupe marche à la rencontre des sans-abri parsemés sur les trottoirs du 10e et leur univers d'hostilités, de solitudes et d'arrachements. La devanture d'une échoppe où est inscrit en grosses lettres "ACHAT OR" nous regarde du coin de l'œil : je me suis toujours demandé qui en vrai pouvait avoir suffisamment d'or pour en vendre, drôle d'occupation, et permettre à autant de boutiques de ce genre d'exister. Et puis me revient l'histoire de cette ancienne collègue ayant vendu les lingots de feu sa grand-mère plus simplement que sa bagnole. Une autre vacataire, comme moi. Pourquoi ce souvenir remonte maintenant, pile dans le bon timing, combien il y en a d'autres comme ça prêts à ressurgir, je sais pas. Pour l'instant c'est surtout des réminiscences de fac, de collègues et de recherches qui font surface, mais j'avoue que c'est de moins en moins souvent. Comme une sorte de confirmation mentale qu'en finir avec ce bourbier était la bonne décision. Ça a quelque chose d'hyper rassurant, l'autogestion de la mémoire.

Plutôt tranquille, ce nouveau boulot. Je l'ai dégoté en urgence à la rentrée, un temps partiel pour une asso liée au Samu social. J'avais bien mis mon sujet de thèse, *L'Isolement social des sans-abri : la double exclusion*, en gras, sur mon CV, et j'ai fait mouche. Le job consiste surtout à conduire un petit fourgon pour aller à la rencontre des gens qui vivent dans la rue, leur proposer de l'eau, de la nourriture, des soins, un peu de chaleur humaine, un hébergement les jours de chance. Pas très compliqué, quoi, pas très intense non plus, mais je trouve ça beaucoup mieux que d'écouter des exposés sur Gustave Le Bon ou qu'étudier les effets d'une réorganisation interne sur une équipe de cadres. C'est vrai que je ne gagne pas bézef, mais ce taf me donne un sentiment d'utilité plutôt chouette, un rôle simple à jouer que j'apprécie.

Un collègue engage la conversation avec un Soudanais installé dans une entrée plaquée de faux marbre. Il accepte de l'eau, des dosettes de gel douche, il nous demande s'il peut recharger son portable au camion. Ça tombe mal, la prise allume-cigare est cassée.

Alors un mec vraiment gros, d'une obésité spectaculaire, clope au bec, s'approche et me demande du feu. J'ai remarqué ça dès les premiers jours : lorsqu'on s'arrête pour discuter avec une personne à la rue, souvent d'autres gens s'arrêtent aussi, proposent leur aide ou, comme ce type, amorcent une conversation sous un prétexte quelconque, demandent leur chemin ou l'heure ou l'horaire des bus, comme si notre groupe constituait un îlot d'altruisme et de lien social au milieu d'une foule d'individus solitaires.

Le mec obèse me regarde, un peu hagard, il doit cachetonner sévère. Il dégouline de sueur, et mime avec son pouce l'allumage d'un briquet. J'en ai toujours un sur moi, et je ne me le fais jamais piquer. Même quand je ne fumais pas j'en avais toujours un dans la poche, c'est chouette de pouvoir offrir quelque chose à quelqu'un, gratos, à répétition. Mais là, je ne sais pas si c'est le nouveau cadre de travail ou la chaleur indienne d'octobre, ou peut-être cette forte odeur de déodorant bon marché mêlée à celle de sa transpiration, toujours est-il que j'ai un réflexe stupide qui fait que le briquet reste dans ma poche. Alors le type se décale et demande la même chose à Nora, notre infirmière. Elle lui tend machinalement son feu en détournant à peine le regard, car elle est en train de causer hydratation avec le Soudanais. Fat Boy Slim galère à allumer sa clope, à cause du vent. Il se tourne tant bien que mal dans un sens puis dans l'autre, engoncé dans sa propre chair, luttant contre la disproportion entre la taille de ses doigts et celle du briquet. Il fait plusieurs tentatives en essayant de se donner une contenance face à Nora qui pourtant ne le regarde pas du tout, il se plie un peu pour s'abriter devant son buste massif et finit par y arriver. Il rend son feu à Nora qui lui répond par un sourire plein de commisération. Je la vois essuyer discrètement le Bic moite dans son t-shirt avant de le remettre dans sa poche.

Alors que le mec s'éloigne, lentement, au milieu des pigeons et des joggers connectés, je ne peux m'empêcher de penser à tous les gens hyper seuls comme celui-là, dans les rues, dans la ville et au-delà, un contingent impressionnant de mal-aimés, d'isolés et de sensibles devenus fous à force de solitude. La vérité c'est que je n'aurais pas dû l'esquiver, si je l'ai fait c'est uniquement parce que le physique de ce type m'a dégoûtée, faut pas se voiler la face.

C'est pas glorieux. Ça craint même carrément. La prochaine fois je tendrai mon briquet quoi qu'il arrive : c'est pas une promesse que je me fais, juste un moyen de ne pas me haïr.

Le soir je bouge à une soirée crust au 65, il y a foule. C'est le squat que je fréquente le plus depuis ma séparation avec Elsa, presque ma deuxième maison. En toute franchise, le prix libre et les bières à un euro sont devenus de réels arguments. Je papote un peu avec Leïla en buvant une Finkbrau un peu tiède, et puis comme souvent je vais écouter le son seule et sans conversation. Il n'y a que comme ça que je peux vraiment me concentrer sur un concert. Le public, casquettes et cheveux courts, souvent décolorés, oreilles percées, chaussures de marche et survêtements brillants, est comme toujours hyper vivant et déconneur. Ça dérive en pogo. Ça m'attire, les pogos, j'aime bien pouvoir exprimer une forme de violence sans faire de mal à personne. Par contre, comme je n'aime pas trop que mes fringues soient imbibées de bière éventée je finis ma canette cul sec avant d'y aller. J'ai la bouche et les yeux bien ouverts, les muscles prêts. Et je commence à pousser, les deux mains sur une épaule, on me percute dans la foulée, un corps entier dans mon dos : je rebondis ailleurs, c'est parti ! Mes cheveux fouettent les yeux des autres et les autres me beuglent dans les tympans, les chocs sont brutaux, le maelstrom de sweats à capuche régurgite et absorbe des corps en explosion, les contacts de peau et de chair se multiplient, un bide, un bras, je prends, un dos, des fesses, je donne, une épaule, sueurs mêlées, le goût de cacahuète dans la bouche, je ne suis nulle part ailleurs que là, bloquée dans le présent, toutes dimensions réunies, essayant de rebondir sur chaque choc, sur chaque élan, me protégeant au maximum et cherchant le contact, attaque-défense simultanée et instinctive, je ris, de bon cœur, en envoyant des bourrades, les autres m'en rendent de même, ces autres que j'expulse, qui me repoussent, avec qui malgré tout nous formons corps, les moments où je décide réellement de mes mouvements commencent à s'espacer, et comme un banc de poissons nous allons à droite, et puis à gauche, et vers le haut et vers le bas, sans ordre ni hiérarchie, et comme les harengs et les sardines il faut lutter pour rester dans la masse compacte, mais contrairement à eux nous ne nageons pas tous dans le même sens, aucune prétention de ce genre, à cet instant nous n'évitons aucun prédateur commun, il n'y a que des particules qui bombardent un noyau qui n'existe pas, une débauche d'énergie collective presque brute, faite de frictions, d'attractions et de répulsions. J'adore ça.

Une bière, évidemment, avec une bonne grosse clope, bien sûr, me permettent de récupérer. Je retrouve Leïla et repense soudain au type obèse.

“Dis-moi, Leïla, t'as beaucoup d'amis obèses ?

— Hein ? T'as de ces questions, toi. Ben oui, sûrement, j'ai des amis obèses.

— Combien ?

— Mais je ne sais pas moi, Pauline, du club ciné. Par exemple.

— Non mais je parle de vrais amis, tu vois.

— Ah, tu fais chier, Bertrand si tu veux, tiens, voilà.

— Je ne dis pas un peu rond, je dis obèse.

— T'exagères ! Eh ben… Merde, t'es contente ? Non, je n'en connais pas de près, enfin si, sûrement mais je ne trouve pas. Et toi ?

— Absolument aucun.

— Et ? Tu veux dire quoi ? Que les gros et les grosses ont moins de potes que les autres ? Tu parles d'un scoop ! Écoute, moi quand je rencontre quelqu'un, j'essaie de mettre tout ce qui concerne son physique à l'arrière-plan. Je n'ai pas envie de voir d'abord un gros, une maigre ou un vieux, une Noire, un trans, etc., j'ai envie de voir une personne, tu piges ?

— Ouais, OK meuf, mais tu n'as pas d'ami gros ni d'amie grosse.

— Et alors ? Je ne fais pas de la discrimination positive pour choisir des potes, bordel ! Et heureusement ! Heureusement qu'il y a encore de la spontanéité ! Mais si toi ça te travaille, je veux bien faire un effort pour devenir ton amie grosse et soulager ta conscience : paie-moi une bière."

Un instant, j'imagine Leïla obèse, mais en vrai ça ne lui irait pas du tout. Je lui paie quand même une Finkbrau de bon cœur, tandis qu'elle me pince le ventre, les hanches, les fesses et le peu de gras qui veut bien se laisser faire.

Autant par goût des autres que par nécessité financière, j'ai vite quitté mon appart et trouvé une place dans une coloc après que la fac m'a jetée. Ça va, je suis plutôt bien tombée : on est quatre dans un immeuble pas trop sombre de la rue Championnet, au cinquième bien sûr. Mathias et Julie se partagent la plus grande chambre, Malika dort dans celle à côté de la cuisine, et j'ai hérité de la plus petite, dernière arrivée oblige. Bien que je me sois débarrassée de pas mal d'affaires, celles qui me restent s'entassent dans les moindres espaces disponibles de la chambre : mes meilleurs bouquins, quelques affiches et une demi-douzaine de plantes vertes laissent à peine la place pour un lit. Je m'y suis faite. On finit par se faire à tout. Aujourd'hui je suis seule dans la coloc alors j'ai mis ma musique, de la noise japonaise, pour accompagner le petit café que je déguste en culotte/t-shirt debout près de la fenêtre de la cuisine. Il ne se passe absolument rien dans la rue, à vrai dire ; il ne se passe rien non plus dedans. Cet appart me semble vraiment petit, d'un coup.

Mon téléphone sonne : c'est ma mère. Je n'ai pas le courage de parler des choses futiles et quotidiennes qui font nos conversations, alors je ne décroche pas. Elle laisse un message que j'écouterai plus tard. Je regarde le fond de ma tasse. On a une réunion prévue en fin de journée au 65 pour trouver les moyens de continuer à assurer les cours d'alphabétisation, ça me laisse encore pas mal de temps à glandouiller. La rue est toujours aussi déserte.

J'attrape une brochure sur le polyamour, les relations non exclusives et tout ça, un truc que j'ai chopé au 65 justement, et qui traîne présentement sur la table. Ça devrait me faire passer une heure ou deux. Il y a plusieurs textes rédigés par des gens différents, des hommes et des femmes, des trans et des hétéros, des cis, des homos et des bis, des textes argumentatifs et d'autres de témoignages. Je ne me sens plus tellement concernée, en vrai je ne vois pas vraiment ce que le polyamour facilite. Mais bon, chacun chacune fait ce qu'elle veut. Moi je fuis juste soigneusement le sujet au squat, ça m'évite de passer pour une vieille réac.

Il y en a qui sont en manque criant d'amour, de sexe et de reconnaissance. Il y en a d'autres qui se perdent dans une infinité d'aventures vides de sens. Il y en a qui se soumettent à leur partenaire parce qu'ils ne voient pas quoi faire d'autre, et il y en a qui les fuient pour les mêmes raisons. Finalement il en ressort à peu près la même chose que dans le reste de la société : tout le monde, peu ou prou, se débat contre l'insécurité affective.

Quel bordel.

Moi je crois que c'est bien un truc de notre époque ça, la place du corps, celle de l'image, il y a eu du changement, on ne se rend plus compte. Tout le porno, les profils à la con, la téloche et internet, les produits de beauté chez Carrouf… La plastique c'est aussi devenu une affaire de prolos, et plus seulement de princesses. Et ça a mis un paquet de gens hyper mal à l'aise à mon humble avis. Libération mon cul, moi je dis, une vaste usine à angoisses plutôt. D'ailleurs la plupart des mecs avec qui j'ai couché étaient franchement gênés par le sexe, et même simplement par le fait de se retrouver à poil devant une inconnue. Je ne parle pas des chauds lapins de Tinder biberonnés au streaming de cul qui donnent à peu près le change, mais alors niveau spontanéité, on repassera.

La brochure se termine par un témoignage. J'aime bien les témoignages, ça me donne l'illusion d'être en compagnie de quelqu'un, d'apprendre à le découvrir, de partager une intimité. Il me semble qu'il n'y a plus guère que la lecture qui offre ce temps pour réfléchir, pour se plonger dans une sensibilité, entrer en proximité avec des personnages, et des auteurs. Un film c'est quoi, une heure quarante, deux heures, perso je mets entre une semaine et deux mois pour lire un roman, c'est quand même pas la même chose.

Mais bon là c'est pas de la fiction, c'est la vie de Déborah, qui parle de l'irresponsabilité affective. Bon, elle parle surtout de celle du mec ou de la meuf qui l'a lourdée sans finesse. Forcément ça me fait penser à mon histoire avec Julien, ou avec Elsa, mais surtout celle avec Julien, et je vois bien ce qu'elle veut dire, Déborah. Elle fait tellement d'efforts pour intellectualiser son malheur, verbaliser pour tenter de ne pas sombrer dans la folie, extraire du sens de tout ça… Mettre des mots sur un océan de merde, quoi. Elle rationalise désespérément pour essayer de comprendre comment elle peut autant souffrir par la faute de quelqu'un qu'elle s'est contentée d'aimer. Touchant. Mais bon Débie, justice et amour sont deux choses très différentes. Je te souhaite de percuter ça assez vite, camarade, et de renoncer à traverser l'océan, parce qu'il y a nulle part où accoster au bout.

C'est marrant comme on est tous faits pareil. On est là avec nos ardeurs et nos souffrances, c'est les nôtres à nous, pas deux identiques, des émotions qui nous façonnent en profondeur, des sentiments uniques qui concernent nos histoires d'amour uniques à un point précis de notre existence unique, des humeurs qui nous entraînent vers des absolus et des transcendances pas possibles, et vers des abîmes et des enfermements qui nous modèlent jusqu'à l'os après nous avoir rongé la tronche, mais la plupart des plantations de notre jardin secret sont de cette espèce, papa, maman, l'adolescence, je veux dire est-ce qu'en vrai il y a des névroses qui n'ont rien à voir avec l'amour ? Qu'est-ce qu'il y a de plus personnel que ça ? Mais quand on en parle et quand on le lit et quand on le regarde et qu'on voit bien les choses en face, on se rend compte à quel point l'amour et ce qu'il produit sont triviaux. Tu veux, je veux pas, ou l'inverse, et ouin ouin. Basta. Que des trucs hyper communs, banals, généralisables. Toujours les mêmes histoires en boucle. La mienne avec Elsa y compris. C'est déprimant. Je me renfile un café pour la peine.

En plus j'appartiens à une génération où chacun cherche l'amour de sa vie, mais où je crois que bien peu sont prêts à payer le prix de la redondance, du compromis, de l'ennui ou de la promiscuité. Liberté du célibat mais sécurité amoureuse, dans le fond c'était ça pour moi les promesses de la non-exclusivité. La possibilité de vivre un grand amour sans être condamnée à la morosité du couple établi. Dépassement dialectique, hop, Fin de l'Histoire d'amour. Beau résultat !

Je jette la brochure sur la table, elle tournicote avant de s'immobiliser.

J'enchaîne sur Tinder où je n'ai pas zoné depuis un bon moment. Quatre types m'ont matchée, ils m'ont tous l'air d'être de jeunes macroniens, je swipe à gauche direct. J'en like deux autres plus hirsutes, ils me matchent dans la foulée, en vrai je ne suis pas la seule à m'emmerder le dimanche. Il y en a un qui propose de nous voir tout de suite, un brun qui a l'air pas trop con, alors je le swipe du bon côté, et moins de cinq minutes après il est en bas. Le mec, Bastien je crois, n'a pas énormément de conversation alors on baise assez vite. Pas beaucoup de préliminaires, pénétration rapide et sans chichi. Comme d'habitude ce n'est pas génial, mais ça me fait du bien quand même. Je le remercie en le raccompagnant à la porte, lui explique qu'on ne se reverra jamais, et je retourne m'allonger sur mon lit pour savourer ma solitude retrouvée.

Je reprends mon téléphone et j'essaie de rappeler ma mère, mais elle ne répond pas.

Le visage d'Elsa commence à descendre du plafond.

Heureusement vient l'heure d'aller à la réu. En quinze minutes de pédalage rapide je suis au 65 avec Leïla, Titou et Anicka, Patoche, Mariam et Claire. On a besoin de fournitures scolaires en quantité, et d'un peu de pognon pour défrayer les profs, c'est-à-dire leur filer des tickets RATP. Alors moi, personnellement, je me fous pas mal d'avoir des tickets de métro ou non. Ils m'écoutent tous avec attention, avant de hocher la tête et de poursuivre. Patoche a un plan récup de stylos, par un pote, il n'en dira pas plus. Deux cartons : on en a pour dix ans. Claire connaît des chouettes gens au nouveau squat de la rue Bolivar, apparemment ils ont retrouvé un gros stock de papeterie dans les bureaux. On décide tout de même d'organiser une soirée de soutien. Il y a toujours des groupes qui ont hyper envie de jouer chez nous, et qui seront ravis de le faire pour la cause. Il doit rester pas mal de stocks au bar, Leïla se propose pour le flyer, on rechopera la sono à Nono, ou au pire celle du collectif. Je n'écoute que d'une oreille, Anicka a un peu les mêmes tics de langage qu'Elsa qui envahit de nouveau ma tête.

"Mélanie ?

— Euh… Oui, super ! De toute façon on a déjà fait tout ça mille fois, non ?"

Je rentre chez moi rapidos avant que mes colocs ne rentrent, et je sors discrètement un paquet de raviolis Lustucru 3 minutes. Au jambon. Pendant que l'eau bout j'éteins mon téléphone et je farfouille dans le dossier vidéo de mon ordi. J'opte pour *Shadows*, de Cassavetes, son premier. Il ne fait qu'une heure dix-sept.

Je me lève le lendemain sans réveil, petit-déj solitaire en écoutant France Inter. Ce n'est plus vraiment une radio de gauche, mais ce n'est pas encore tout à fait une radio de droite. Puis mon petit rituel matinal se déploie : débarrasser la table, faire la vaisselle de la veille, se brosser les dents, s'habiller, rallumer le téléphone, affronter le vaste monde. L'appareil vibre, plusieurs fois et de manière très rapprochée, presque compulsive, comme s'il se sentait enfin soulagé de me délivrer ces informations retenues toute la nuit. Crise d'incontinence communicationnelle. Trois appels en absence d'un numéro que je ne connais pas, plus un message vocal, reçu à 7 h 58, ce que ne ferait aucun de mes potes. Chelou ça. Je commence à me sentir tendue. J'appelle le répondeur :

"Bonjour madame Hilmec, c'est le commandant Blain à l'appareil, de la gendarmerie de Crest. Votre mère a eu un accident hier soir sur la D70." Un silence. "C'est grave, madame Hilmec."

MICHEL

J'éteins la radio que je n'écoute plus avant de m'affaler sur le canapé, l'endroit où je préfère m'allonger. Du reste, un de mes endroits préférés tout court… La tête sur un accoudoir et les pieds qui reposent à peine sur celui d'en face, c'est là que j'aime réfléchir et faire le point, les yeux rivés au plafond ou flottant sur les épais rideaux. J'aime réfléchir ici ! M'étendre de tout mon long au milieu du salon comme ça… Barbouiller tous les murs de mon intériorité… Agrandir mon être profond ! Me sentir maître d'un univers plus vaste que ma simple carcasse. Si j'étais enfermé à l'intérieur de mon crâne je ne pourrais qu'imaginer ce qu'il y a derrière la peau, écouter les rumeurs, aux aguets… Mais là, non, je suis bel et bien sur ce canapé avec toutes mes capacités d'extraction ! Offensif ! Rayonnant ! Ils peuvent toujours m'envoyer des lettres urgentes, ces salopards ! Les écrire en rouge s'ils veulent ! L'histoire en fera quoi de ces peigne-culs ? Hein ? Pendant que je m'étendrai dans les siècles bien au-delà de ces gros rideaux jaunes… Et eux ils continueront à compiler des résultats d'analyses, bornés sur leur microscope, à envoyer des lettres… Ils peuvent se les mettre bien profond, leurs phosphatases alcalines !

Et leur bilan hépatique juste après ! Finiront tous par pourrir dans un cercueil minable recouvert de fleurs en plastique, ces cons-là, ha ! Ce sera ça, leur postérité à ces cloportes : des fleurs en plastique sur un tas de poussière, six pieds sous terre. Et qu'on ne me fasse pas chier avec leur professionnalisme médical bienveillant… "C'est notre rôle", mais on en a tous, des rôles ! Ducon ! Et tout aussi valables ! Destinés pareillement à boucher les trous du temps avec des missions vaines, moi-même, tiens, médical aussi ! Irène, la chercheuse qu'elle veut me fourguer… André ! Solitudes réunies ! Et les actrices tchèques, pas un rôle ça peut-être ? Madeleine ma cousine, toute mielleuse… Quand elle apprend que je vends le mas de mes parents… Cherche à me taper du fric ! Tous tellement obsédés par la réussite de leur petite personne que rien ne doit les arrêter… Foule d'individus isolés engoncés dans leur propre chair, dévorés de l'intérieur par leur narcissisme gourmand, coincés entre le dedans et le dehors, bataille acharnée contre un sur-moi ambitieux et sans pitié à l'intérieur, contre une infinité de volontés contraires à l'extérieur… Chacun enfermé dans sa tour d'ivoire ! Pas absente, la colonne, ça non, en pierre même, de taille encore ! Pas plus haute que celle des autres bien sûr, de hauteur nenni ! Profondeur : pouic ! Des tours à une altitude médiane, et nous tous enfermés dedans ! Des tours panoptiques, plus ou moins bien bâties… Dès qu'un seul tente de bâtir un étage supplémentaire les autres sortent les catapultes ! Les trébuchets ! Les lettres urgentes à la con ! De quel droit non mais pour qui vous prenez-vous, encore un qui veut pousser plus vite, qui ne veut pas respecter les règles, qui veut asseoir son point de vue ? Vous n'êtes pas meilleur que les autres, mon vieux ! À la queue comme tout le monde ! Ça se passe comme ça, au château ! Non mais quelle prétention ! On distingue les murmures plus qu'on ne les entend mais celui qui voulait s'élever à peine plus haut, sans faire de foin, se ravale et se tasse, peut-être qu'il n'a pas tort… Après tout le plus sage est de garder ses distances et de plafonner dans la canopée ! Deux dimensions c'est déjà bien suffisant ! Oui mais moi voilà la bête dedans n'est pas du tout d'accord ! Et je lui donne bien raison ! L'en a bien assez bouffé, des frustrations ! Elle en veut plus, des dimensions, elle, deux et puis quoi encore ! On est pas que des profils tout de même ! Une troisième, une quatrième et pourquoi pas douze s'il y en a douze, on veut de la réussite, du panache, de l'allure ! Toujours ! Encore plus, même ! Et dans les autres tours d'ivoire bruissent les mêmes rumeurs enfermées, les mêmes aigreurs sourdes… En attendant il faut bien lui donner à bouffer là-dedans, sans discontinuer… À grands coups de puissance, de reconnaissance, de succès ! De réussite sociale ! Financière ! Culturelle ! Et baiser à tout prix, c'est important ! Crucial même, que voulez-vous ! Baisez qui vous voulez mais baisez nom de Dieu ! Baisez à n'en plus finir ! Servez-vous de votre bite, jusqu'à la faire rougir ! C'est une chatte ? Même topo ! Jetez-vous sur tout ce qui passe ! Y en aura pas pour tout le monde, mettez-vous bien ça dans le crâne ! Après vous le déluge ! La guerre de tous contre tous de Hobbes ce n'est pas une donnée de départ, c'est un projet ! *Homo homini lupus !* Prédateurs contre prédateurs ! Allez tous vous faire enculer !

Bon, arrête de déconner, Michel, calme-toi… C'est pas bon pour ce que t'as… T'as besoin de tête froide, pas de t'apitoyer comme un enfant ! Tu ne vas pas paniquer pour si peu ! Et puis c'est bien beau de philosopher sur le canapé, mais ça ne rapporte pas un fifrelin… Une petite vidéo tchèque, peut-être, pour redescendre… ? Ah non, suffit l'errance ! Concentré ! Où est le whisky ? Il faut que je rappelle Irène : j'ai besoin d'en savoir plus sur cette chercheuse.

MÉLANIE

Les employés des pompes funèbres m'ont expliqué qu'il valait mieux que le cercueil reste fermé. Je n'ai pas insisté. Elle s'est plantée toute seule, dans un platane, sur une route légèrement mouillée, les gendarmes n'ont relevé aucune trace de freinage, ils estiment qu'elle roulait à une vitesse normale. Elle est morte sur la route de l'hôpital malgré l'intervention rapide du Samu.

C'que ça peut foutre, les détails. Ma mère est morte, point barre.

Nous sommes une trentaine, au cimetière, formant une foule improbable. Finalement on n'est pas allés à l'église. J'ai dû insister un peu mais pas trop longtemps parce qu'on est tous athées dans la famille. J'avais vraiment pas envie qu'on se tape le laïus du curé sur le mode "elle n'était pas pratiquante mais au fond de son cœur brillait etc.", avec les vieilles de l'aumônerie qui gerbent leur compassion sur le cercueil. Bien assez mal au bide comme ça. Leïla est descendue de Paris sans que je le lui demande, et l'avoir avec moi me fait un bien fou. Quand j'ai besoin d'elle, elle est déjà sous mon épaule, et quand je suis occupée elle est en train de s'activer en secret. Elle nous a aidés dans les préparatifs sans être intrusive, elle m'a écoutée des heures, n'a dit que des choses chouettes, intelligentes, bienveillantes. Je savais que c'était une amie en or, mais la voir mettre son amitié en acte n'a pas de prix.

Mon père bien sûr est présent, il a pris un coup de vieux, je trouve, malgré son costume impeccable, mais il a assuré sur l'essentiel. Il est venu avec sa meuf, trop maquillée comme d'habitude, qui maintient un air de consternation égal. Le gamin qu'ils ont eu ensemble, mon demi-frère donc, se fait ostensiblement chier. Passons. Il y a ma tante aussi, la sœur de mon père, qui me prend la main dès qu'elle le peut. Elle m'aime bien, Irène, peut-être parce qu'elle-même n'a jamais eu d'enfant, en tout cas elle a toujours posé sur moi un regard protecteur et encourageant, à la bonne distance, ce qui fait que je l'aime bien aussi. Et puis des cousins sont là, je crois, ou alors ce sont des petits-cousins, enfin des gens de la famille qui me sont devenus étrangers. Il y a des gens du village, mon instit de CM1 qui habitait le même hameau que ma mère, avec son mari, ils sont bien ces deux-là, ils portent une bonhomie qui se fait rare. Ce n'est pas le cas de sa voisine, son autoproclamée meilleure amie. Chantal qu'elle s'appelle la meuf, je n'ai jamais pu l'encadrer, cette conne. Elle ne fait que déblatérer des insanités entre deux commérages, et d'aussi loin que je me souvienne elle s'est toujours mise en concurrence avec ma mère, qu'il s'agisse de leur jardin, de leurs enfants, de leurs activités ou de leurs cheveux, enfin de leur dynamisme supposé quoi. En plus elle a aussi réussi à lui faire acheter pas mal de merdes, un rameur, un aspirateur spécial acariens, un ioniseur d'eau, et j'en passe. Mais bon, c'était délicat de lui dire de ne pas venir, ce n'est pas un moment où j'ai envie de me prendre la tête. Il y a d'autres personnes qui se sont présentées comme des amies de la chorale. En vrai j'avais complètement oublié que ma mère chantait. Le reste, franchement, je ne sais pas qui c'est.

Mes yeux finissent par revenir sur le cercueil, et tout s'arrête. Les autres disparaissent, le son est coupé : le cadavre de ma mère est dans cette boîte et je me prends cette réalité en pleine tête. Il y a un vide qui s'effondre au centre de mon corps, des larmes qui débordent de mes paupières.

Il semblerait que la cérémonie ait commencé. Il y a mon père qui improvise quelques mots sincères mais distants, ils ont divorcé il y a plus de vingt ans. Il est quand même un peu remué, le daron, ça me déstabilise encore plus.

Puis c'est visiblement à moi. Je regrette infiniment de m'être proposée, je ne vois pas comment je vais y arriver. J'ai froid, je tremble, j'ai envie de m'enfuir.

"Ma petite maman,"

J'ai un kyste gros comme un ballon de basket au fond de la gorge.

"Quand j'étais petite tu me disais souvent que dans la vie on ne choisit pas tout."

J'essaie de lever les yeux mais c'est une très mauvaise idée : chaque regard croisé fait grossir le kyste. Je me concentre tant bien que mal sur les mots que j'ai griffonnés. Je lis mon texte comme on récite une poésie en primaire, comme on déchiffre un texte qu'on ne comprend pas, c'est la seule manière pour moi d'y arriver.

Les mots disent que maman était une mère patiente et aimante, ils disent que je lui en suis reconnaissante et que je le resterai à jamais. Les mots font allusion à mon comportement et expriment du repentir. Ils exaltent ta patience et ton courage, ton altruisme. Les mots te brossent un portrait tendre et chaleureux, vivant, les mots expriment leur gratitude envers toi. Ils s'agenouillent et reconnaissent ce qu'ils te doivent. Ils glorifient ta générosité. Ils citent des noms, des lieux, des anecdotes pour te redonner un corps, ils s'escriment contre la platitude de mon phrasé, quitte à en faire trop. Les mots finissent par te parler, à toi qui n'es plus dans ce corps en ruine, ils sculptent le vide que ton absence construit. Les mots disent bien d'autres choses encore, des choses qui m'échappent et que je ne comprends pas même si c'est moi qui les ai écrites. Les gens regardent les mots qui leur parlent, et quand il n'y en a plus ils me regardent de nouveau.

Alors je replie la feuille sur laquelle goutte mon nez, et je retourne à côté de mon père qui pose une main sur mon épaule et la serre, sans rien dire. Ma tante me caresse affectueusement le dos. J'ai envie de me dissoudre sur place, c'est d'ailleurs peut-être ce qu'il est en train de se passer.

Je crois que le maître de cérémonie demande si quelqu'un d'autre veut s'exprimer, mais personne ne dit rien, alors on passe une chanson de Gainsbourg qu'elle aimait bien, et puis la *Sarabande* de Haendel qu'elle écoutait de temps à autre. Il y a un silence immobile, rien que la musique qui baigne et transperce les âmes silencieuses, on n'entend même plus de graviers crisser sous les souliers, les cyprès qui balancent sous le vent font plus de bruit.

Alors le maître de cérémonie nous invite à toucher le cercueil une dernière fois, à y déposer une fleur, je n'ai pas envie, les gens défilent et ensuite les employés descendent le cercueil à la corde dans la tombe en béton. Ma mère disparaît sous terre. Elle disparaît littéralement, les traces ont disparu, sa présence est enfouie. Sa mort devient manifeste, son absence indiscutable. Je craque un bon coup dans les bras de ma tante, tout mon visage ruisselle d'une douleur sans nom.

Tandis que le cimetière se vide, je reprends lentement conscience. Je me sens seule. Seule comme une esclave affranchie, seule comme une enfant abandonnée. Ça me tire et ça me plonge, le cercueil enfoui et nous à la surface, la fin et le départ, le souvenir et l'oubli, je m'éclipse pour aller pleurer encore, derrière un cyprès.

Comme de coutume on offre un verre à la maison, celle où j'ai grandi. Ma chambre à l'étage n'a quasiment pas bougé, ni le jardin où j'ai passé tant d'heures avec la fille Meunier, ni le vaisselier dans le salon, le buffet en face, le carrelage sur lequel je m'amusais à me déplacer comme les cavaliers aux échecs. Un carreau en avant, un en diagonale. Mon père me demande ce que je veux faire de la maison.

“Ben… Je ne sais pas, et toi ?

— Nous avions divorcé corps et biens avec ta mère, tout ça t'appartient et ne me regarde plus. Tu peux en tirer un bon prix si tu la vends, et tu n'auras pas de mal à la louer. Je t'ai pris un rendez-vous demain chez le notaire, c'est par lui qu'on était passés pour acheter. Je lui ai déjà envoyé tous les papiers qu'il demandait. Il t'expliquera les formalités”, dit-il en me fourrant sa carte dans la poche. Même de mon enfance il va falloir me séparer.

Le lendemain j'arrive à l'étude notariale à l'ouverture, j'ai besoin de tâches précises et bornées. La secrétaire me fait patienter. "Maître Rouveyrolles va vous recevoir." Ça doit être chiant d'appeler son patron "maître", mais je suppose qu'elle ne pense pas à ça. Il y a des armoires pleines de classeurs, des circulaires et des extraits de loi encadrés, une gravure en laiton de Marianne version liberté triomphante ; un autre univers. Un type tout essoufflé arrive, il pue le fric à plein nez. Il essaie d'échanger son rendez-vous avec le mien, me fait un sourire appuyé sans desserrer les lèvres, il se présente, Michel truc, me tend une main manucurée qui dépasse d'un costume ajusté, langage soigné comme tout le reste, qu'il aille se faire foutre. Je prétexte un train à prendre pour m'en défaire.

Maître Rouveyrolles est un type énorme et chauve, avec des petits yeux enfoncés dans la graisse de son visage, grossis par des lunettes rondes à écaille. Il correspond en tout point à l'archétype du notaire, ou à celui du cochon, c'est selon. Apparemment tout est prêt, un énorme dossier trône sur son bureau. Il commence par les formalités d'usage, les condoléances et tout le tralala. Il glisse quelques mots gentils sur ma mère, des généralités sur la succession, et prend un maximum de pincettes. Je ne comprends pas exactement ce que je dois faire, ni ce qu'il attend de moi. Il ouvre le dossier, et m'annonce que la situation est compliquée.

"J'ai épluché les finances de votre maman, ses comptes, ses emprunts, ses dettes et ses actifs. Bien sûr je n'ai pas pu établir un bilan précis en aussi peu de temps, mais…"

Il baisse les yeux vers le dossier qu'il trifouille sans but de ses doigts boudinés.

"Mais le montant des dettes est important. Très important.

— Pardon ?

— Apparemment votre maman allait régulièrement au casino de Charbonnières-les-Bains, mademoiselle Hilmec, poursuit-il à voix basse et sans lever les yeux. Elle a également réalisé de nombreux achats sur internet, et misé des sommes importantes sur des sites de paris. Neuf crédits à la consommation ont été contractés ces cinq dernières années, et ses comptes sont un peu plus que vides."

Ma mère dans le vice du jeu ? J'ai du mal à le croire… Autant les merdes entassées grâce à cette conne de Chantal m'ont toujours semblé démesurées, autant je n'arrive pas à imaginer ma mère faire tapis sur une partie de black-jack.

"Et la maison a été hypothéquée il y a trois ans. Écoutez, je comprends votre douleur en ce moment, mais quelles que soient les raisons qui ont poussé votre mère à agir ainsi, et peu importe à la rigueur, nous parlons aujourd'hui de plus de deux cent mille euros de dettes. Vous êtes libre de votre choix, mais pour vous prémunir d'une situation embarrassante, je vous conseille vivement de refuser la succession. En attendant ne prenez rien, ne vendez rien. N'allez pas me récupérer la télé ou l'ordinateur, d'accord ?"

LUCAS

Je suis en train de zoner sur des comptes Insta, des comptes d'inconnues et d'anonymes lointains, jamais des gens que je connais, que j'ai connus. Ça passe le temps, je me fous pas mal de leur vie, en tout cas c'est pas pour comparer avec la mienne, juste j'apprends des trucs, j'en découvre d'autres, c'est un support à l'errance, rien d'autre – Hey, je vais noter ça, bonne expression. Je tombe sur des mecs qui sont allés au Rojava. Apparemment, après leurs années de service dans l'armée ils sont partis rejoindre les YPG pour combattre Daesh, et puis ils ont fini par se battre contre les Turcs. Avec leurs lunettes noires de sportifs et ce ciel bleu omniprésent, on dirait une bande de potes partis faire un trek. Des gros flingues de guerre en guise de bâton, mais dans le fond ils ont raison je trouve, c'est une des rares causes défendables aujourd'hui, assez évidente. Je dis ça, moi j'irai jamais, je sais même pas tirer avec une carabine à plomb, et puis je suis plus village flamand qu'enclave proche-orientale.

Ma mère frappe à la porte. À cinq minutes près il doit être 20 heures, c'est l'heure où elle dépose le plateau-repas. Mais cette fois-ci elle parle, la bouche collée contre le dormant. Pfff… Quoi encore ?

“Lucas ! Tu es là ?”

C'te question…

"Écoute, Lucas j'ai quelque chose à te dire. Je ne peux plus tenir ton père. Depuis l'autre fois il n'arrête pas de parler de toi, tout le temps. Il est têtu tu sais, têtu comme une mule. Il a toujours été têtu ! Et il en dit des bêtises ! Mais il me fait peur… Lucas tu m'entends ? Lucas ! Il a parlé d'appeler la police, tu te rends compte ? La police ici ! L'autre fois il est allé chercher un grand pied-de-biche au garage, il était tout rouge, il soufflait comme un bœuf, j'ai dû me mettre à genoux, Lucas ! À genoux ! Je me suis agrippée à ses jambes pour pas qu'il vienne défoncer ta porte ! Et il reparle de l'hôpital ! La camisole ! Il te prend pour un dingo ! Un vrai dingo… Mon pauvre Lucas… Mais il ose pas ! Je le connais va, il a trop peur que dans le quartier on murmure que son fils est un malade mental… Mais pour combien de temps ? À genoux je ne retiendrai aucun docteur, Lucas ! Ça ne va plus ! Ça ne peut plus durer comme ça ! Et puis si ça continue c'est ton père qui va finir en camisole ! Et moi ? Qu'est-ce que je vais devenir, moi ? Toute seule ici avec un fils en prison et un mari chez les zinzins… Ou l'inverse ? Oh là là ! Mon Dieu !"

Je lui réponds rien, elle est chiante.

"C'est que je me fais du souci pour toi, mon petit… Tu comprends, ça ? C'est pas facile pour une maman ! J'ai appelé le Dr Lagneux. Tu te rappelles du Dr Lagneux ? Il t'avait bien soigné quand tu avais attrapé la varicelle, il avait été tellement gentil ! Oh, écoute, je lui ai tout raconté. Il n'a fait aucune remarque, c'est un monsieur bien. Il m'a parlé d'une dame à Paris qui s'occupe des gens comme toi, une docteure elle aussi, quelqu'un de très réputé tu te rends compte ? Une dame qui fait des conférences ! Je ne savais pas comment faire, alors je l'ai appelée. Mardi après-midi je crois. Non, pas mardi, je suis allée faire des courses mardi, et après je suis passée au pressing récupérer le costume de ton père… On enterre le père Gomez dimanche, je t'ai dit ? Tu sais le grand-père de Léa et Titouan avec qui tu allais à l'école ?"

Ça fait longtemps que je me laisse plus embringuer dans de tels labyrinthes de balivernes.

"Bon, bref ! Je l'ai appelée. C'est une dame très bien, docteure Tibure qu'elle s'appelle, elle m'a envoyé un mail et m'a demandé de te le faire passer. Elle m'a dit que je pourrais rien faire à ta place ! Oh là là…"

Elle glisse une enveloppe sous la porte, en finissant avec les ongles pour qu'elle y passe entièrement. C'est long.

Quand elle a enfin fini, elle repart de plus belle :

"Alors, tu vas lui répondre, dis ? Je peux t'emmener mardi si tu veux ! Mais pas l'après-midi…"

Elle est vraiment chiante. Je ramasse l'enveloppe et l'ouvre le plus discrètement possible pour que ma mère, qui a probablement l'oreille collée à la porte, n'entende rien et se lasse le plus vite possible. Mais j'y crois pas trop. Je lis :

Bonjour Lucas,
Ce que vous vivez n'a rien d'inévitable. Si vous le souhaitez, je peux vous aider à y voir plus clair et à faire vos propres choix.
Si vous avez une adresse mail, écrivez-moi directement à c.tibure@ghu-paris.fr
Bien cordialement,
Dr Tibure

"Alors, tu as vu elle est gentille ! Tu vas lui écrire ?… Lucas mon chéri, s'il te plaît… Elle te tend la main !"

Je brûle de lui dire que c'est elle qui devrait y aller mais je me contente d'attraper des bouchons d'oreilles de me les enfoncer bien profond en attendant qu'elle parte. Je m'accroupis contre le lit, j'entends encore sa voix derrière la porte, elle ose même frapper mais la porte est bloquée avec la tringle à rideaux depuis le pétage de câble de mon père l'autre fois, aucun risque qu'elle s'ouvre, le mail imprimé est là devant moi, premier objet exogène à avoir pénétré ma chambre depuis bien longtemps, "n'a rien d'inévitable", ils me font tous chier. Ce serait pas mal qu'ils crèvent tous les deux, j'aurais la baraque pour moi, livraisons, distributeurs, verrous. Mais bon faut que ça arrive, pas gagné… J'ai une sérieuse envie de gerber d'un coup. Je fais de gros efforts pour me retenir : pas dit que les volets s'ouvrent encore. Et ça va être relou si je dégueule dans la chambre, ça va puer et ma daronne va tout entendre.

Va falloir que je réfléchisse : ça sent le roussi, j'aime pas. Hun. Pas bon, ça. Hun, hun.

MÉLANIE

“Ça sent la merde, Carter ! Tiens bon, putain !” Mathias et Julie se matent peut-être leur quatrième film en streaming de la journée, encore un blockbuster, semble-t-il, dans la chambre juste à côté de la mienne. On entend tellement tout d'une pièce à l'autre que je pourrais retranscrire les dialogues *in extenso*. Ils sont tous les deux au chômage en ce moment, et ils en profitent pour souffler un peu. Je ne peux pas leur en vouloir, mais bon moi les orchestrations hollywoodiennes et les dialogues débiles, ça commence à me taper sérieusement sur le système.

Ce matin j'ai reçu un courrier du notaire qui me confirme le surendettement de ma mère. Je n'ai qu'à signer le refus de la succession et le lui retourner, accompagné d'un chèque de cinq cents balles de frais de dossier. Le problème, c'est qu'il ne m'en reste qu'un peu moins de mille, et qu'on est que le dix du mois. J'ai calculé qu'après les factures, le loyer et les prélèvements, ça me laissera trente balles par semaine pour bouffer, boire des Finkbrau et sortir de cette chambre. Ça ne va pas le faire.

À la bibliothèque j'ai chopé un numéro de *Bulletin de psychologie* consacré à l'exclusion sociale, que j'ouvre pour essayer de passer à autre chose. Mais après avoir relu quatre fois le premier paragraphe d'un article je dois bien reconnaître qu'il m'est impossible de me concentrer dessus. Mon cerveau tourne en boucle, j'ai beau recompter les pièces dans mon porte-monnaie et fouiller mes poches, l'image de ma mère me revient sans arrêt. Les rares moments où j'arrive à dormir je rêve d'elle, et quand je suis réveillée elle m'occupe l'esprit même quand je n'y pense pas. Il y a toujours son message sur ma boîte vocale, celui qu'elle m'a laissé le jour de sa mort. Je n'arrive pas l'écouter, ni à le supprimer, ni à supprimer son numéro. En vrai je ne suis pas du genre à l'écouter quinze fois par jour pendant des mois, alors je ne vois pas où est le problème, je l'écoute, je l'efface, et puis voilà, sauf que tout ça est au-dessus de mes forces. Enfin, le peu qu'il m'en reste. J'en ai trouvé quand même un bout pour appeler le casino de Charbonnières-les-Bains – rien que ce nom me fout la gerbe – j'ai demandé à parler à un responsable, et je l'ai agoni d'insultes, traité de pourriture, de profiteur, d'irresponsable, de charognard et d'une trentaine d'autres qualificatifs que j'avais notés sur une feuille, il a commencé à se justifier en invoquant la liberté individuelle mais je l'ai fini à coups de menaces de torture et de mort lente en répétant son nom jusqu'à ce qu'il raccroche. Ça m'a soulagée quoi, quatre, cinq minutes peut-être, à deux cent mille balles c'est probablement la séance de psy la plus chère du monde, mais vu que c'était le dernier luxe auquel je pouvais prétendre je n'allais pas m'en priver.

Une crise de sanglots, encore, me submerge.

Demain je retourne bosser, je crois que je n'ai jamais attendu ça avec autant d'impatience. Venir en aide à des gens, me décentrer, c'est tout ce que je peux souhaiter en ce moment, en étant présente auprès de personnes à la rue j'aurai l'impression de plastiquer un casino, il n'y a que comme ça que je vais pouvoir tenir.

Mon téléphone vibre, c'est un mail de ma tante Irène. Je n'ai pas hyper envie de lire un énième message de soutien, mais le titre du message suggère autre chose.

De : Irène Hilmec <i.hilmec@gmail.com>
À : Mélanie Hilmec <melanie.h@lilo.org>
Objet : Opportunité boulot

Ma chère Mélanie,
Le directeur de Juvénal – un type étonnant – insiste sans cesse pour que vous vous rencontriez. Je crois qu'il est vraiment très intéressé par tes travaux. Il recherche quelqu'un de compétent pour mener discrètement à bien un programme de recherche dont il pourra te parler plus précisément, et ton profil l'intéresse.
Je comprendrais que Juvénal ne soit pas ta tasse de thé, mais je pense que tu devrais tout de même le rencontrer, ce n'est pas le genre d'opportunité qu'on peut simplement ignorer. Son nom est Michel Alcen.
Tu peux bien sûr m'appeler avant si tu préfères.
J'espère que tu gardes le moral,
Je t'embrasse bien fort,
Irène.

MICHEL

Excellent ! Irène vraiment… Irène Hilmec ! Une femme de ressources, c'est sûr… Un vrai talent de persuasion ! C'est vrai c'est sa nièce… Elle se pose des questions, qu'elle m'avait dit… Ce qu'ils se posent comme questions les jeunes aujourd'hui ! Un boulot, bien payé, intéressant, je vois pas où peuvent être les interrogations ! En tout cas Irène s'est aussi décarcassée pour dégager du pognon sans modifier le budget de Juvénal… D'un coup elle m'a trouvé le bras droit et l'a armé… Elle m'impressionne ! Pas mon genre, ça… Normalement… Mais là… Chapeau. Et puis le tuyau de mon André qui tombe en plein dans le mille, je sens que la veine revient ! Tout se goupille bien, tout est sur les rails ! Comme toujours, Michel ! Allons ! Un whisky, tiens, le japonais je vais l'essayer, c'est de bon ton… Alors :

De : Michel Alcen <michel.alcen@juvenal.com>
À : C. Tibure <c.tibure@ghu-paris.fr>
Objet : Re : Recrutement cas d'études

Chère Catherine,
Vous ne savez pas à quel point vous me rendez service. Je comprends parfaitement vos réserves qui sont tout à votre honneur et rendent d'autant plus précieux votre accord. La plupart des praticiens auraient refusé ma demande sans même se donner la peine de me répondre, aussi je me sens particulièrement responsable et redevable de la confiance que vous m'accordez. Comme convenu vous aurez toutes les copies de nos échanges, et vous pourrez intervenir dès que cela vous semblera utile. Je ne manquerai par ailleurs pas de vous solliciter en cas de doute, car non seulement vos compétences en la matière sont largement supérieures aux miennes, mais l'intégrité de votre patient m'est aussi chère qu'elle peut vous l'être. Du reste et sans vouloir paraître insistant, ma proposition de vous associer à nos recherches tient toujours si jamais vous veniez à changer d'avis.
Cordialement,
Dr M. Alcen

PS : Est-ce que par hasard il n'habiterait pas à Melun ?
PPS : Vous pourriez venir dîner à la maison avec André, qu'en pensez-vous ?

Envoyer. Bon, je vais attendre un peu avant le prochain whisky… C'est plus délicat maintenant…

De : Michel Alcen <michel.alcen@juvenal.com>
À : Lucas Mialène <lucas7793@gmail.com>
Cci : C. Tibure <c.tibure@ghu-paris.fr>
Objet : Proposition d'emploi

Bonjour Lucas,
Je suis le Dr Michel Alcen, je suis médecin à Paris. Votre contact m'a été aimablement transmis par la docteure Tibure, qui a longuement réfléchi avant de me le donner. Avant de poursuivre et d'expliciter le pourquoi de ce message, je voudrais que vous soyez bien conscient que vous n'êtes obligé à rien et que la décision finale ne doit être que la vôtre, sans justification aucune.
Depuis plusieurs années mes équipes et moi travaillons sur un vaste programme de bien-être physique et mental, qui a pour but à la fois d'alimenter la recherche scientifique et d'élaborer des solutions pratiques et pertinentes pour nos patients. Nous sommes actuellement en train de mettre en place une nouvelle phase d'études de notre programme, et c'est dans ce cadre que je vous écris. J'ai l'habitude d'être direct avec mes partenaires, aussi en ferai-je de même avec vous : je ne pense pas que vous soyez malade, Lucas. Je pense plutôt que vous êtes le reflet de quelque chose qui se passe dans la société. Mais j'ai besoin de connaître plus précisément vos motivations propres et vos analyses personnelles pour en savoir plus. Juvénal doit pouvoir venir en aide aux gens comme vous.
Ce que je vous propose donc, c'est un poste au sein de mon équipe de recherche. Vous pourrez travailler depuis chez vous, et l'objet de votre emploi sera essentiellement de répondre à des

questionnaires et des entretiens qualitatifs. Mais attention, vous ne serez pas qu'un simple cas d'étude et serez amené à avoir un rôle beaucoup plus actif : je compte en effet sur vous et votre esprit coopératif pour nous aider à améliorer nos approches et élaborer nos solutions.
Qu'en dites-vous ?
Prenez le temps de réfléchir, et choisissez librement.
Bien cordialement,
Dr M. Alcen

PS : Nous envisageons pour commencer un traitement de 2 500 € brut/mois sur une base de 30 h/semaine.

Hmm hmm, c'est pas mal, pas mal… Peut-être un peu bourrin le passage frontal sur sa situation… Ça risque de ne pas passer avec Tibure… "Gens comme vous", ça non, faut que je trouve autre chose. Mouais, le salaire en post-scriptum vraiment, Michel, c'est trop gros. Bon, reprenons calmement : whisky. Lagavulin. Pas terrible, ce japonais…

MÉLANIE

On peut dire que l'endroit est calme. Je suis seule dans un appart immense, attablée à un bureau dans une pièce qui, hormis un grand ficus et trois chaises, ne contient rien. On est à la limite de la cellule monacale, mais trois fois plus grande que ma chambre, j'avoue. Le Dr Alcen m'a accueillie ce matin, très chaleureusement, il m'a expliqué en deux mots ce qu'il attendait de moi, m'a redit qu'il préférait que je travaille à son domicile plutôt que dans les locaux de Juvénal pour des raisons de discrétion commerciale, et puis il s'est excusé de ne pouvoir rester plus longtemps. Il m'a donné le code wifi, m'a montré la machine à café, et s'est éclipsé. J'ai eu du mal à me concentrer sur ce qu'il me disait… À cause de son physique quelque peu ingrat me disant vaguement quelque chose, ou à cause de l'odeur d'alcool flottant dans l'appartement ?

J'ai ouvert mon ordi, effectué quelques recherches bibliographiques sur internet, jeté des notes au hasard sur un nouveau document. Mais je n'arrive pas à m'y mettre vraiment. Ce n'est pas étonnant : la raison d'être de mon travail ne me semble pas très claire. Irène m'a simplement glissé au téléphone que le Dr Alcen cherchait à mener des études comportementales sur les reclus sociaux, elle m'a prévenu que je ne travaillerai pas pour les bienfaits de la science ni pour ceux de la recherche fondamentale, et puis elle m'a précisé qu'elle m'avait fortement appuyée pour le poste et qu'il me suffirait de répondre oui pour l'obtenir. Juvénal, le leader du life coaching industriel, ça ne m'a pas vraiment parlé tout de suite. Ça m'a plutôt paru être un gros plan capitaliste-les-bains bien pourri. Ça s'est senti. Alors Irène, avec son intelligence habituelle, m'a tenu un discours assez direct, me disant en substance qu'en tant que femme je n'avais pas les mêmes chances qu'un homme, et qu'il ne fallait pas que je me pose trop de questions quand une opportunité professionnelle telle que celle-ci se présentait, qu'elle était bien placée pour le savoir, et qu'elle-même serait certainement arrivée plus haut si elle avait su assumer ses ambitions plus tôt. Je dois dire que si socialement je ne me suis jamais sentie très proche de ma tante, l'angle de la solidarité de genre m'a troublée. Elle a ajouté qu'elle ne m'aurait pas pistonnée si le poste était bancal ou ne correspondait pas à mes compétences. Et quand elle a fini par m'annoncer le montant du salaire, je me suis sentie aspirée malgré moi. En vrai ce boulot est tombé du ciel au meilleur moment. Une semaine de plus et c'était le grand déclassement, il m'aurait fallu changer de vie de fond en comble sans un kopeck en poche. Alors que maintenant je respire au point d'envisager de quitter ma coloc avant de les tuer tous. Tout simplement inespéré. J'ai quand même parlé de mes doutes avec mes amis, ils m'ont tous dit que je me prenais trop la tête et que je devais foncer. Seule Leïla m'a répondu que j'allais me faire couillonner, avant d'ajouter que ce n'était pas grave. Pas besoin de préciser, j'ai compris ce qu'elle voulait dire : Trahis si tu veux, ma vieille, je resterai ta pote quoi qu'il arrive.

C'est chelou pourtant, maintenant dans cette pièce nue et sans bruit, où derrière la fenêtre tremblent inlassablement les feuilles des platanes, j'ai la désagréable impression de ne pas être à ma place. L'idée de fuir hors de cet appartement, de poser mes valises au 65, de demander le RSA pour continuer les cours d'alphabétisation et de me consacrer à la lutte me traverse une fois de plus. Mais finalement je reste sur ma chaise, sans bien savoir pourquoi.

Comme tous les quarts d'heure, ma mère refait surface. Ses histoires de jeux, je n'en reviens toujours pas. Je n'arrive pas à la visualiser gloussant devant une machine à sous ou une roulette anglaise. Découvrir, alors qu'elle était une des personnes que je connaissais le plus, qui me connaissait le mieux, que tout un pan de sa vie me soit demeuré étranger… et ressentir cruellement maintenant qu'elle n'est plus là l'absence de sa familiarité me laisse profondément perplexe, en plus de la tristesse. Ça me fait douter de ce qui me manque : est-ce qu'il s'agit d'elle, de l'image que j'avais d'elle, du lien qui nous unissait ? De sa part secrète encore à découvrir ? Je ne sais pas, je ne saurai peut-être jamais, je ne veux pas trop y penser parce que ça me fout le plomb et qu'en attendant je ne me suis jamais sentie aussi seule, aussi floue, aussi poreuse. Aussi paumée.

Alors j'essaie de me concentrer sur les paroles du Dr Alcen de ce matin : "Voyez-vous, je pense que la réclusion sociale n'est pas qu'une affaire de psychologie individuelle. J'aimerais que vous vous penchiez sur les ressorts sociaux de ce phénomène, et que vous m'en fassiez la synthèse." Je me suis abstenue prudemment de lui dire que des dizaines d'articles étaient déjà sortis sur le sujet. Il ne me faudra pas plus de deux ou trois semaines pour les lire et les compiler. Mieux vaut ne pas griller toutes ses cartouches dès le premier jour. "Votre sujet de thèse et vos précédentes recherches devraient m'être très précieux !" Tu l'as dit bouffi. "Une autre de vos missions consiste à étudier finement les interactions entre individualisme et besoin de lien social, afin que Juvénal puisse élaborer des réponses adaptées et bien dosées." Ah bah OK, résoudre l'opposition individu/collectif, y a plus qu'à. "Les études sur les effets du confinement me semblent particulièrement intéressantes." Mouaip. "Irène m'a dit que vous étiez engagée au Samu social, notamment, ce qui pourrait être un bon terrain d'études. Mais vous êtes entièrement maître de la méthodologie." Ma parole ! Un bon terrain d'études ? Le mec me propose carrément de disséquer mes collègues pour savoir pourquoi ils ne se tassent pas dans l'égoïsme ! Pour qui il se prend, sérieux… Bon, je prétexterai un protocole trop lourd à mettre en place pour m'en sortir, mais le ton est donné. "Par ailleurs vous encadrerez un jeune collègue, mais je vous en dirai plus demain." À moins qu'il ne se soit caché dans le ficus, je ne vois pas où il peut être, le jeunot.

Un mail d'Irène arrive sur ma boîte. Elle me demande comment se passe cette première journée, me souhaite plein de bonnes choses, et renouvelle sa confiance en moi. Je ne sais pas trop si je me sens touchée ou accablée. Je lui réponds aussitôt en me concentrant sur la première hypothèse.

Et je me retrouve de nouveau seule face à mon écran froid. Ça ne va pas, il faut que je me dégage de cette torpeur morbide, et fissa. J'ai besoin de sortir de ces murs, d'activer mon corps, de sentir la brise sur ma peau, de surfer dans la foule, d'oublier l'image de ma mère. Je remballe aussi sec mes affaires, et je me casse direction la bibliothèque de Beaubourg. À fond la caisse sur mon vélo, en mode rallye urbain, je pédale comme on frappe un sac de boxe. J'enjamberai plus tard la Seine pour les librairies en slalomant entre les touristes, et puis j'irai boire une bonne Finkbrau au 65, histoire d'étudier le besoin de lien social. Pour le reste on verra bien demain.

LUCAS ET MÉLANIE

J'ai peut-être un peu trop traîné au 65 hier, je suis dans le pâté. J'essaie de mettre toute mon énergie dans ce rendez-vous matinal : finalement ce n'est pas dans le ficus qu'il se terrait, le collègue, mais sur le nuage. J'allume Skype et je recherche le compte de ce Lucas Mialène. Nous y voilà.

Je suis pas vraiment habitué aux rendez-vous du matin. J'ai préféré pas me coucher du tout. J'ai du mal à pas me laisser déborder par le stress quand la conversation initiée par cette Mélanie Hilmec s'ouvre.

Il n'a pas de webcam, c'est pas très réglo. Enfin bon je laisse la mienne allumée au cas où il retrouve le bouton.

Elle est très souriante et ne pas me voir ne l'empêche pas de me regarder beaucoup et heureusement qu'y a l'écran.

Mélanie Hilmec	Bonjour M. Mialène	9:34
Lucas Mialène	Bonjour	9:34

Mélanie Hilmec	Apparemment nous allons travailler un bon bout de temps ensemble	9:34
Mélanie Hilmec	Est-ce que le Dr Alcen vous a donné quelques précisions ?	9:35
Lucas Mialène	Un peu, oui.	9:35
Mélanie Hilmec	Nous allons étudier l'articulation entre besoin d'individuation d'une part et de socialisation de l'autre, une vieille problématique des sciences sociales…	9:35
Mélanie Hilmec	Il y aura une phase de construction méthodologique, puis une enquête de terrain, et enfin un travail de liaison avec les équipes opérationnelles de Juvénal.	9:35
Lucas Mialène	D'accord	9:36
Mélanie Hilmec	Mais ne vous en faites pas pour cette partie, ça me connaît.	9:36
Mélanie Hilmec	Sur ce volet, vous allez être mon assistant en quelque sorte	9:36
Mélanie Hilmec	Si vous le voulez bien, bien sûr !	9:36
Lucas Mialène	OUi oui, pas de prolbème !	9:36
Mélanie Hilmec	Le Dr Alcen m'en a peu dit à propos de vous	9:37
Lucas Mialène	Problème	9:37

Mélanie Hilmec	Est-ce que vous pourriez me résumer votre parcours ?	9:37
Lucas Mialène	J'ai suivi un cursus en socio	9:40
Mélanie Hilmec	Très bien ! Ça devrait nous aider	9:40
Mélanie Hilmec	Il m'a par ailleurs parlé d'expérience personnelle intéressante	9:42
Mélanie Hilmec	Mais il ne m'a rien précisé	9:43
Mélanie Hilmec	À quoi fait-il allusion ?	9:44
Lucas Mialène	J'imagine qu'il fait référence à ma situation personnelle	9:44
Mélanie Hilmec	Est-ce que vous pouvez m'en dire plus ?	9:45
Mélanie Hilmec	Lucas ?	9:47
Lucas Mialène	J'habite chez mes parents	9:48
Lucas Mialène	À Melun	9:48
Lucas Mialène	Je n'ai pas fini mon cursus en socio	9:49
Mélanie Hilmec	Écoutez, Lucas,	9:51
Mélanie Hilmec	Je ne voudrais pas créer de la gêne, ce n'est pas le but	9:51
Mélanie Hilmec	Nous ne sommes pas à un entretien d'embauche, et je ne suis là que pour superviser le programme de recherche	9:51
Mélanie Hilmec	Vous n'avez rien à craindre de moi. Vous pouvez parler en toute confiance	9:52
Lucas Mialène	Au Japon	9:54

Lucas Mialène	les gens comme mio	9:54
Lucas Mialène	comme moi	9:54
Lucas Mialène	On les appelle des hikikomori	9:54
Mélanie Hilmec	De quoi s'agit-il ?	9:56
Lucas Mialène	Vous en n'avez jamais entendu parler ?	9:57
Mélanie Hilmec	Je dois reconnaître que non	9:57
Lucas Mialène	Quand j'étais à l'univeersité	9:59
Lucas Mialène	Ça s'est pas bien passé	9:59
Lucas Mialène	J'habite dans ma chambre chez mes parents	10:00
Mélanie Hilmec	C'est le cas de pas mal de gens vous savez	10:02
Lucas Mialène	Vous comprenez pas	10:02
Mélanie Hilmec	Pas tout effectivement…	10:03
Lucas Mialène	Quand j'étais à l'université, j'ai raté les partiels	10:04
Mélanie Hilmec	Continuez Lucas, je ne vous juge pas	10:06
Lucas Mialène	En fait je suis pas allé aux partiels dut out	10:07
Lucas Mialène	j'ai pas pu j'étais trop stressé j'allais les rater	10:07
Lucas Mialène	Bref je suis rentré chez mes parents et je me suis enfermé dans ma chambre	10:07
Mélanie Hilmec	Oui l'unviversité est un monde particulier…	10:08
Lucas Mialène	Ça fait un peu plus de 6 ans	10:09
Mélanie Hilmec	Ça vous blesse encore ?	10:09

Lucas Mialène	Ça fait un peu plus de 6 ans que je suis dans ma chambre	10:10
Lucas Mialène	Je suis jamais retourné à l'université	10:10
Lucas Mialène	ni ailleurs	10:10
Lucas Mialène	j'en sors la nuit pour prendre des douches	10:10
Lucas Mialène	ma mère me laisse des plateaux-repas devant la porte	10:10
Lucas Mialène	et personne n'a le droit de rentrer	10:10
Lucas Mialène	c'est mon intérieur	10:11
Lucas Mialène	À l'époque j'avais 19 ans	10:11
Lucas Mialène	J'en ai maintenant 25	10:11
Lucas Mialène	Je joue pas tellement aux jeux vidéo, les gens croient	10:11
Lucas Mialène	Je sais pas pourqoi le Dr Alcen m'a contacté	10:13
Lucas Mialène	Je sui sdésolé	10:15
Mélanie Hilmec	Il n'y a aucun souci	10:15
Lucas Mialène	Jen e pense pas être à la hauteur	10:15
Lucas Mialène	Il vaut surement mieux laisser tomber	10:15
Mélanie Hilmec	C'est un peu tôt pour le dire !	10:15
Lucas Mialène	Si vous me virez mon père va me foutre dehors	10:16
Mélanie Hilmec	Lucas, on se calme, je n'ai aucune intention de vous virer	10:16

Mélanie Hilmec	Et je trouve votre histoire très touchante	10:16
Mélanie Hilmec	Ne vous en faites pas pour le travail, nous trouverons des modes d'organisation qui vous conviennent	10:16
Mélanie Hilmec	Nous pourrions convenir d'un autre rendez-vous, après-demain même heure ?	10:16
Lucas Mialène	Merci	10:18
Mélanie Hilmec	C'est bon pour après-demain 9 h 30 ?	10:18
Lucas Mialène	Oui pardon oui c'est bon	10:18
Mélanie Hilmec	Super Lucas, à jeudi alors	10:18
Lucas Mialène	À jeudi Mme Hilmec	10:18

Si je m'attendais à ça… Les quelques recherches pendant notre conversation sur les hikikomori me font découvrir un univers que je ne soupçonnais pas, et qui ne me donne pas vraiment envie de prendre ça à la légère. Il va falloir qu'Alcen arrête de me mener en bateau et qu'il abatte sérieusement ses cartes, le fumier !

Mais quelle tanche je fais… J'ai juste eu le temps d'attraper la bassine sous mon lit pour gerber abondamment. Ma mère, évidemment l'oreille collée à la porte, en rate pas une miette : “Lucas mon petit, ça va ? Je vais te faire une tisane de thym ! Avec du miel ! Ça se passe bien ce nouveau travail ? Oh comme je suis contente !” Un dernier spasme bileux m'arrache les entrailles.

MÉLANIE ET MICHEL

“Docteur Alcen, je ne suis pas sûre d’être très à l’aise avec Lucas.

— Vous n’avez pas réussi à communiquer ?

— Si, nous avons de nouveau rendez-vous dans une heure sur Skype.

— J’étais sûr que vous auriez la finesse nécessaire ! Comment ça se passe avec lui ?

— À peu près bien. Mais le rôle que vous lui faites jouer m’interroge. Excusez-moi mais j’ai franchement l’impression qu’on s’apprête à se servir de lui, et qu’il n’en a absolument pas conscience.

— Ah ? Je l’ai pourtant prévenu…

— Ça n’a pourtant pas l’air très clair dans son esprit.

— Hmm, je vois, vous êtes face à un dilemme moral.

— J’ai le sentiment aussi que vous ne me dites pas tout.

— Évidemment !

— Irène Hilmec me contacte tous les jours pour suivre l’avancée de mes travaux.

— Ah… Vous lui avez parlé de Lucas ?

— Je suis restée très évasive. Quelle est la nature de vos relations, docteur Alcen ? Elle travaille pour vous ?

— Ce serait plutôt l'inverse. Voyez-vous, mon petit, sans Irène et son aide financière, tout Juvénal s'arrête. Elle paie, elle a donc le droit d'être informée. Non ?

— C'est un point de vue. Vous savez que c'est ma tante, et si je dois taire certaines choses, j'aimerais autant que vous me le disiez clairement.

— Donnez-lui suffisamment d'éléments pour qu'elle vous laisse tranquille, mais pas trop pour qu'elle continue de vous appeler tous les jours.

— Je ne sais pas si votre réponse va m'aider à me sentir plus à l'aise, mais je peux essayer.

— Parfait ! D'autres questions ?

— Au sujet de Lucas…

— Ah oui, le dilemme moral. C'est très simple : quand votre tante m'a parlé de vous, si bien sûr vos études en psychosociologie ont tout de suite retenu mon attention, elle l'a été plus encore quand elle m'a raconté que vous travailliez pour le Samu social et que vous aviez quelques activités philanthropiques de nature plus ou moins subversive. Sacrifier la possibilité d'une carrière pour aider les autres, c'est plutôt rare de nos jours. Vous représentez la tendance altruiste de notre société, mon petit, celle qui est en train de disparaître. Alors que Mialène, voyez-vous, serait comme une sorte d'anticipation vivante du parachèvement de la tendance individualiste, la conséquence logique du fait qu'on se supporte de moins en moins les uns les autres.

— Ou du fait que la concurrence entre individus est devenue insupportable.

— Ah ! Si vous voulez ! Savez-vous combien il y a de hikikomori au Japon ? Entre trois cent mille et un million. La fourchette est large, je vous l'accorde, elle n'en représente pas moins un phénomène massif, qui n'a aucune raison d'épargner l'Occident.

— Si je résume, docteur Alcen, Lucas et moi avons aussi été embauchés comme cobayes ?

— Ah ! Comme vous y allez fort ! Bien sûr que non, voyons ! Je pense simplement en chef d'entreprise : quand l'expérience personnelle de mes collaborateurs résonne avec l'objet de leur mission, ils sont souvent plus impliqués, voilà tout. J'ai besoin de vous deux, que nous fassions équipe et que nous tirions tous dans le même sens. En ce qui vous concerne et au cas où vous en douteriez : je compte vraiment sur vos compétences pour développer des propositions pertinentes pour les profils comme ceux du petit Mialène ; de son côté, il doit être capable de formuler ses attentes et ses besoins en tant qu'hikikomori : c'est ça vos boulots respectifs. Mais en toute franchise, il est vrai que ça m'intéresse aussi de voir quels vont être les résultats des interactions entre vous deux, loin de toute l'agitation de Juvénal ! Coup double, quoi !

— Mais… Comment dire… Vous n'avez pas l'impression de ne pas être tout à fait honnête vis-à-vis de nous ?

— Écoutez, mon petit, de mon point de vue, je vous offre la possibilité de faire avancer vos recherches et la science en général, sans être trop exigeant il me semble sur les contreparties. Je n'en demande qu'une seule : que je puisse m'appuyer sur vos résultats pour alimenter Juvénal. Pour gagner de l'argent, donc, en vendant aux reclus ce qui leur manque, oui. Pour aider nos congénères à souffrir un peu moins, accessoirement. Si je poussais le bouchon, je pourrais même dire que Juvénal contribue au vivre-ensemble en travaillant sur le bien-être de tous, et donc à maintenir à flot l'idée même de société !

— C'est plus le bouchon que vous poussez, c'est carrément mémé.

— Très drôle, bravo ! Vous avez le droit de trouver que nos moyens sont trop faibles, mademoiselle Hilmec, et que cela ressemble plus à du bricolage qu'autre chose, je ne vous démentirai pas, mais la situation est ainsi. Vous avez également le droit de ne pas vouloir accepter les règles du jeu, de trouver que je ne suis qu'un vilain capitaliste malhonnête qui exploite les faibles, et de retourner à vos activités.

— La question commence effectivement à se poser.

— Mais enfin, je ne comprends pas ! Qu'est-ce que je peux faire de plus pour vous convaincre ? Dites-le-moi !

— Je ne veux plus faire de rapports à Irène.

— Je l'appellerai.

— Je veux qu'on aide Lucas, sans arrière-pensées.

— Vous avez carte blanche. Je vous donnerai les contacts du Dr Tibure qui le suit.

— Je veux introduire une dimension éthique aux nouveaux concepts de Juvénal.

— Excellente idée ! Vous me remettrez vos propositions.

— Je veux que Juvénal aide des publics en difficulté, et pas seulement les gens riches qui s'ennuient.

— Ce sera très bon pour notre image, ça ! Commencez par un diagnostic.

— Je veux continuer à donner des cours d'alphabétisation.

— Combien de temps cela vous prend ?

— Trois heures tous les jeudis après-midi.

— Prenez-les ! Autre chose ?

— Ne m'appelez plus jamais mon petit. J'ai un prénom et un nom.

— Soit… Euh… Mélanie ! Soit ! Eh bien eh bien, si nous en avons fini avec ces clarifications salutaires, je vous laisse, j'ai à faire au centre ! Bonne journée !" Michel attrape son pardessus et file droit vers la porte d'entrée, avec son énergie habituelle. "Ah oui, et sur le guéridon de l'entrée il y a une enveloppe, une avance sur salaire, ne l'oubliez pas en partant !"

Il y a quatre mille cinq cents euros en liquide dans l'enveloppe. Mélanie se sent comme grisée. Mais elle ne sait pas si ce qu'elle ressent tient à l'excitation de la victoire, à la frustration de la bataille trop courte, ou à la fébrilité de la compromission.

LUCAS

Ça s'accélère, merde. Mme Tibure, M. Alcen, et maintenant cette Mélanie Hilmec, ça fait beaucoup d'intrusions en peu de temps, j'aime pas trop ça. À la fois j'ai pas trop le choix sinon l'autre connard va finir par me tabasser à grands coups de pied-de-biche et rien que l'idée de revoir sa gueule de con c'est une angoisse plus grosse que le reste qui me paralyse des heures. Et j'aimerais autant pas que ça se transforme en jours. Alors la nuit dernière je suis sorti pour voir.

Jusque sur le pas de la porte.

Je suis resté comme ça dix minutes, la main sur la poignée, tendu vers le dehors et tendu vers le dedans, prêt à rentrer dans ma tanière à la moindre alerte. Et puis je suis rentré.

Je vais refaire une tentative, je dois m'entraîner grave. C'est 3 heures du mat', l'heure parfaite où le plus de gens dorment. L'un après l'autre je fais tourner les trois verrous de la porte de ma chambre, en m'assurant plusieurs minutes entre chacun que rien bouge dans la maison. Je traverse le couloir et puis je descends les escaliers, en marchant bien au bord pour éviter que ça grince. En bas c'est du carrelage, fastoche, et l'autre con graisse la porte d'entrée tous les mois depuis vingt ans, y a pas un couinement possible.

Dehors il se passe rien, y a que des réverbères sinistres et des chats qui se mettent sur la gueule au loin. J'ai un peu de salive qui me monte dans la bouche mais ça va, j'arrive à aller jusqu'au portillon. Je l'ouvre : il se passe rien. Je fais un pas et je suis dans la rue. Je le referme et alors là je me sens vraiment coupé de la base, hors de la capsule, genre plongeur ou cosmonaute, en immersion totale dans ce biotope aussi moche que dans mes souvenirs. Lumières orange, trottoirs défoncés, haies immondes taillées au carré, petites balustrades kitch en ciment, tout est bien aligné, tout a moins de soixante ans, tout n'est que succession d'expressions personnelles de mauvais goût : mobilier de jardin acheté en promo chez Auchan, portails électriques, animaux de toutes sortes sur les piliers des portillons, chouettes, chats, cigales quand c'est pas des pommes de pin. Du plastoc, du béton, des parpaings, que des trucs dégueulasses. Et question couleurs quand c'est pas marron foncé pour égayer le tout, c'est vert olive, bleu lavande, rouge basque, que des tons ramenés de vacances que tu vois jamais à Melun à part au rayon peinture de chez Casto. Pavés autobloquants rose saumon, dalles de faux marbre pour pas se salir les Nike, globes lumineux en panne et verdâtres, le rêve pavillonnaire a tourné alcoolo sous Prozac. Hey, ça pourrait faire un titre...

Ben ouais, y a rien que des gens comme mes darons qui dorment là-dedans, des prolos qui se tapent des heures de trajet tous les jours pour aller gagner une paie de merde dans un boulot à la con. En fait je le connais bien le quartier, pas un bar, pas un resto, pas un cinoche, que des clapiers à prolos qui se vendent quarante ans de Smic pour avoir le droit de dormir dans un endroit sans vie, sans horizon, et sans beauté. Ce qu'ils sont prêts à supporter, les gens, ça m'a toujours fasciné. Je les trouve bien courageux, moi ça fait longtemps que je sais que j'en serai jamais capable.

Je commence à marcher sur le trottoir, ma casquette bien vissée sur le crâne et ma capuche par-dessus, je m'attends à chaque pas à ce qu'un clébard agressif sonne l'alerte, petit roquet ridicule ou pitbull débile, je suis plus trop à la page de ce qui traîne dans le quartier. Mais non, même eux y pioncent. Y a une canette de bière qui traîne, je me rends compte je connais même pas la marque.

Mon but c'est de faire le tour du pâté, et jusque-là ça va. Je ralentis avant le premier angle, je jette un œil à droite à gauche, derrière, rien à signaler. Je tourne à droite, et quand je tourne la deuxième fois c'est pareil, je gère.

Et puis cinquante mètres après je commence à monter, j'ai les oreilles qui se bouchent, je dois respirer par la bouche, la salive me dégouline des joues alors je lâche un gros mollard mais j'ai mal au bide, j'ai de plus en plus chaud, bon, je suis peut-être bien allé un peu loin, hun, je baisse les yeux vers le sol pour pas voir trop de choses, j'ai envie d'enlever ma capuche pour avoir moins chaud, hun, mais j'ai pas envie de plus l'avoir, hun, oh et puis merde, je m'arrête derrière une vieille Volvo break et je lâche une grosse quiche, en one shot. Je crache les morceaux en m'appuyant sur le coffre, et je reprends ma route à très petits pas. Huuuuuun. Visiblement j'ai réveillé personne. J'ai chaud comme jamais, je dégouline sous mon armure en polyester, j'essaie de penser à rien, je jette un rapide coup d'œil avant de tourner à droite pour la troisième fois, et c'est là que je vois le mec en face sur l'autre trottoir avancer derrière les bagnoles, putain, trop tard j'ai déjà tourné, manquait plus que ça, hun, il m'a vu sûrement, les mecs comme ça ils captent à chaque fois, je baisse le regard, hun, je fais tout ce que je peux pour accélérer, hun, je le regarde à la dérobée, huun, le mec a l'air grand et pas commode, huun, sacrément baraqué, huun, pourvu qu'il me demande rien, huun, et s'il me demande une clope putain ! huuun, s'il me parle je m'en branle je cours ! On va se dépasser, huuun… Blam !

Le mec s'est mangé un rétroviseur.

Il l'a complètement explosé, comme ça, juste en marchant. Perte d'équilibre. Il lâche deux-trois jurons, balance un coup de pied dedans et repart en marmonnant, il zigzague carrément. En fait à mon avis il est complètement défoncé. Il a dû être encore plus flippé que moi, et trop se concentrer pour marcher droit. Ça me fait redescendre d'un coup.

Ma respiration se calme, je reviens vers la maison tranquillou. Je fais le malin en me disant que je pourrais bien aller jusqu'à la gare les doigts dans le nez. Hinhin, ça va le faire, ouais, j'ai l'impression que ça va le faire.

Bon, c'est finalement plutôt dans ma chambre que je rentre après une étape à la salle de bains pour finir de me nettoyer les dents. Les trois verrous, la tringle à rideau, j'ai l'impression de retrouver ma peau.

MÉLANIE ET LUCAS

Je respire à fond avant d'allumer
mon ordinateur.

Je respire à fond avant d'allumer
mon ordinateur.

Mélanie Hilmec	Bonjour Lucas	9:28
Lucas Mialène	Bonjour Mme Hilmec	9:29
Mélanie Hilmec	Vous pouvez m'appeler Mélanie si vous voulez	9:29
Lucas Mialène	D'accord	9:29
Lucas Mialène	Mélanie	9:29
Mélanie Hilmec	Je me suis renseignée sur les hikikomori, j'ai appris beaucoup de choses	9:30
Mélanie Hilmec	mais j'aimerais avoir votre point de vue, votre opinion personnelle	9:30
Lucas Mialène	Sur quoi ?	9:30
Mélanie Hilmec	Qu'est-ce qui explique votre situation selon vous ? Pourquoi ça touche autant de gens ?	9:30
Mélanie Hilmec	Vous êtes toujours là ?	9:33
Mélanie Hilmec	Lucas, tout va bien ?	9:37

Lucas Mialène	Je pense qu'on vit dans une époque où on doit tout assumer. Il faut bien travailler à l'école pour ensuite bien réussir ses études pour enfin trouver un bon travail. Mais je crois que ça marche pas comme ça. Il y a du chômage de masse depuis plus de 40 ans et il y a pas besoin de tout le monde pour faire tourner la machine. Alors les autres, les plus faibles et les moins chanceux, eh ben tant pis pour eux. Et puis en plus maintenant il faut avoir un tas d'amis, des activités intéressantes, plein de petites copines (ou de petits copains), partir en vacances dans des destinations de rêve, et puis évoluer, s'adapter, créer son entreprise, etc. Ça fait beaucoup. Enfin moi je trouve. Alors pour moi être hikikomori, c'est juste pas vouloir jouer ce jeu-là.	9:43
Lucas Mialène	Mais c'est souffrir aussi.	9:43
Lucas Mialène	Et c'est pas vouloir être en guerre tout le temps avec tous ceux qu'on croise, être jugé, être évalué, jouer des coudes, se battre, se faire remarquer tout ça… Je suis pas fait comme ça. Je sais pas comment les autres font, moi j'y arrive pas.	9:45

Mélanie Hilmec	C'est très intéressant.	9:47
Mélanie Hilmec	On dirait presque que vous avez choisi cette condition. Je me trompe ?	9:47
Lucas Mialène	J'aimerais vous dire que oui.	9:48
Lucas Mialène	Que non, je veux dire.	9:48
Mélanie Hilmec	OK, je comprends.	9:49
Mélanie Hilmec	Merci beaucoup pour votre analyse Lucas	9:49
Mélanie Hilmec	Est-ce que vous avez reçu les mails que je vous ai envoyés ?	9:50
Mélanie Hilmec	à propos de Juvénal ?	9:50

"Lucas mon petit je t'ai apporté un café ! Ça fait du bien un café quand on travaille !"
Non mais j'y crois pas le boulet… Fais voir le micro : c'est bon, coupé.
"Ouais ! Pose ! Et reste pas steuplaît."
Euh… Ah oui, les mails.

Lucas Mialène	Oui j'ai presque tout lu	9:50
Mélanie Hilmec	Ah et Super !	9:51
Mélanie Hilmec	Je veux dire je ne pensais pas que vous auriez eu le temps	9:51
Mélanie Hilmec	J'aimerais savoir ce que vous pensez de Juvénal ?	9:52
Lucas Mialène	C super ! :-D	9:52
Mélanie Hilmec	Vous pouvez parler librement Lucas, sans crainte	9:53

Lucas Mialène	Je trouve que c'est une vaste fumisterie que c'est pas en marchandisant les relations entre les gens qu'ils vont se sentir mieux que c'est quand même faire de l'argent sur le malheur des gens ou alors c'est que pour les plus riches qui de toute façon ont pas de problème quand même alors bon	9:57
Lucas Mialène	J'aurais pas dû vous dire ça.	9:58
Mélanie Hilmec	Il n'y a aucun problème	9:58
Lucas Mialène	Je retire	9:58
Mélanie Hilmec	Lucas, je ne devrais pas vous dire ça non plus	9:58
Lucas Mialène	Oubliez. J'ai rien dit. Excusez-moi	9:58
Mélanie Hilmec	mais je pense à peu près la même chose que vous	9:58
Lucas Mialène	Pourquoi vous faites ce travail alors ? < :-)	10:00
Mélanie Hilmec	Pour des raisons personnelles qui ne s'inscrivent pas dans un absolu, tout comme vous	10:01
Lucas Mialène	Vous allez vous faire virer de chez vous ?	10:02
Mélanie Hilmec	Non…	10:02
Mélanie Hilmec	Il y a des choses qui m'intéressent dans ce travail.	10:02
Mélanie Hilmec	J'en prends mon parti.	10:02
Lucas Mialène	Oui oui, bien sûr, moi aussi.	10:04

Lucas Mialène	Déso	10:04
Lucas Mialène	:)	10:04
Mélanie Hilmec	Lucas est-ce que vous voudriez venir travailler ici, avec moi, chez le Dr Alcen ?	10:06
Lucas Mialène	Je sais pas si je suis capable…	10:08
Mélanie Hilmec	Basiquement il n'y aura que vous et moi, le Dr Alcen n'est là que de temps en temps	10:08
Lucas Mialène	Ah d'accord…	10:09
Mélanie Hilmec	Parfait ! Je vous envoie l'adresse et les possibilités d'accès tout de suite.	10:09
Mélanie Hilmec	Venez pour 10h, le trajet est long depuis Melun	10:09
Lucas Mialène	OK, alors	10:10
Mélanie Hilmec	A demain donc ! :-)	10:10

Il a l'air plutôt bien ce jeune, plus révolté que gros boulet. Et on dirait que les conseils du Dr Tibure sont plutôt efficaces. Ah, Irène m'envoie des textos maintenant…

Je peux pas m'empêcher de la googliser de nouveau. Je tombe sur une conférence qu'elle a faite je sais pas trop où, l'image est pas trop pourrie… Elle a du charme, c'est sûr, du charisme même, elle est mignonne comme tout… Mais c'est le travail, Lucas putain, essaie de pas déraper, putain, pro-fes-sion-nel. Je vais choper prudemment le café devant la porte.

MICHEL, MÉLANIE

Que j'aime me lever quand il fait encore nuit ! Ça me donne l'impression d'être un chasseur-cueilleur pleinement conscient d'être en avance sur les autres espèces… De ceux qui savent appuyer rapidement sur les boutons d'une machine à café ! Elle m'en prépare un grand mug, avec un ronronnement pudique que j'apprécie. Un peu moins de 7 heures : j'allume la radio, les infos en sortiront dès que le café sera prêt, au moment où les tartines sauteront du grille-pain. Je ne les mangerai probablement pas, mais là n'est pas la question.

La journaliste de France Inter égrène les actualités internationales d'un ton indifféremment sautillant. Tel pays d'Europe vire au fascisme, tel autre d'Amérique du Sud a légalisé le mariage homosexuel, il y a tant de centaines de milliers de réfugiés là-bas, on en a secouru ailleurs… Est-ce qu'on vit dans un monde de plus en plus ouvert, va-t-on se taper dessus dans pas très longtemps… Bah ! Le café est prêt, une belle mousse, les premières gorgées me crispent presque instantanément le foie mais le goût de l'arabica sous pression, à peine trop chaud, me laisse l'agréable sensation d'être un chasseur-cueilleur de premier rang. C'est un des rares moments de la journée où ma pensée se permet d'être flottante…

Soudain j'entends distinctement mon nom à la radio.

Ça a sur moi un effet immédiat… Et étrange… De saisissement je dirais… En une fraction de seconde tous mes sens disparaissent ! Seule l'ouïe travaille à plein ! Le chasseur-cueilleur a entendu une branche craquer dans l'obscurité… Peut-être du gibier imprudent ? Ou alors une bête féroce, affamée ?

C'est une bête… Une bête extrêmement dangereuse.

“… sur la sellette, après le suicide d'un patient, Aurélien Hernandez, qui fréquentait le centre parisien de Juvénal depuis deux ans. Atteint de dépression depuis plusieurs mois, il aurait confié à ses proches ses regrets avant de mourir. « Je n'aurais jamais dû franchir la porte de Juvénal », peut-on encore lire sur sa page Facebook. Sa famille accuse aujourd'hui le Dr Alcen d'avoir profité de sa fragilité par pure cupidité, et a décidé de porter plainte pour abus de faiblesse et homicide involontaire. Écoutez le témoignage de sa mère :

« Aurélien est allé dans ce centre parce qu'il avait des problèmes relationnels, et qu'un ami le lui avait conseillé. Au début tout allait bien et puis au bout de six mois il s'est complètement refermé sur lui-même, il n'aurait jamais dû continuer ! C'est trop dur ce qu'on leur demande ! Et puis un an après il s'est fait refaire le visage… Il se détestait ! Il mettait un bonnet et des lunettes quand il venait nous voir ! Même en été ! C'est pas normal que des professionnels de santé continuent à faire ça aux gens… C'est pas normal ! »

D'autres familles se sont constituées partie civile, accusant Juvénal d'être à l'origine de troubles psychologiques, de perte d'identité, de dépressions graves. Certaines parlent même de secte. Du côté des responsables de Juvénal, c'est le silence radio.

Dans le Gard maintenant, les dégâts causés par les inondations…"

En général je préfère prendre les escaliers plutôt que l'ascenseur, je ne suis pas sportive alors ça me fait de l'exercice. Et puis il y a plus de subjectivité, les paillassons, les plaques sur les portes, les parapluies qui sèchent, les poussettes, le vieux meuble qui attend qu'on l'emmène aux encombrants. Mais bon en vrai chez Alcen tout est uniforme et ouaté. Une grosse moquette rouge retenue par des baguettes en laiton recouvre le centre des marches, tous les étages se ressemblent, rien ne traîne sur les paliers, toutes les ampoules fonctionnent, chaque porte a sa plaque normalisée bien centrée. Difficile de faire plus désincarné et ennuyeux. Je n'y ai encore jamais croisé personne.

En ouvrant la porte d'entrée je suis surprise de trouver celle de la cuisine ouverte. La radio tourne dans le vide. Au fond, debout, complètement immobile, Alcen regarde par la fenêtre. Il est en caleçon-chaussettes, un haut de pyjama sur le dos. Au vu de sa tignasse et de sa barbe naissante, il n'a visiblement pas pris le temps de passer par la salle de bains. Je le trouve un peu voûté, avec son mug à la main.

"Bonjour", je lui lance. Il grogne une réponse sans bouger d'un centimètre.

Je poursuis jusqu'à mon bureau, un peu déstabilisée. La radio finit par s'arrêter et laisser place à de la musique classique, genre symphonie du XIXe, je dirais, mais je m'y connais pas trop. Il a mis le volume hyper fort en tout cas. J'ai un peu l'impression d'être entrée par effraction ou d'écouter aux portes. Brusquement je réalise que Lucas va arriver d'un instant à l'autre :

"Docteur Alcen ! J'ai proposé à Lucas Mialène de venir travailler ici aujourd'hui."

L'autre est calé au salon, dans son fauteuil, un whisky à la main.

"C'est peut-être sa première sortie depuis bien longtemps, vous savez."

Il se contente de boire une gorgée, mais au moins il s'est habillé.

"Je compte sur vous pour lui faire bon accueil.

— Oui, oui, bien sûr", répond-il à voix basse.

Il est carrément avachi, le mec, il ne regarde que le sol ; la fenêtre a dû le lasser. La musique tourne toujours à fond la caisse, ambiance Kubrick. Tout ça n'est pas franchement pour me rassurer.

MÉLANIE, LUCAS, MICHEL

Je ne sais pas ce qu'il se passe dans la tête d'Alcen, mais il ne me facilite pas la tâche, ce fumier. Moi qui comptais être peinarde avec Lucas, le faire atterrir tout en douceur ici, lui assurer un environnement chouette, calme et bienveillant, l'autre non seulement squatte inhabituellement son appart en se torchant la gueule de bon matin mais en plus il nous fait péter de l'opéra à fond dans tout l'étage.

Lucas est face à moi dans le bureau, mais je dois forcer ma voix pour qu'il me comprenne. Tu parles d'un environnement propice. Quand il est arrivé, l'autre n'a pas levé son cul du fauteuil, il est resté tête baissée en levant à peine les yeux, et puis il l'a hochée imperceptiblement comme si on lui avait dit qu'il allait bientôt falloir racheter du riz, que le brouillard se levait sur Agen, ou une autre nouvelle cruciale du genre. Vieux con.

"Je suis très contente que vous soyez venu, Lucas, et je vous en félicite.

— Je... je suis moi-même... Heu... Bien sûr, très content, et j'espère que je vais pas vous... Enfin être à... Je suis ravi d'être ici."

Lucas est légèrement voûté sur sa chaise mais il se redresse épisodiquement, ce qui met en valeur ses larges épaules et sa sveltesse. Son visage n'est pas inintéressant, ses yeux n'ont pas tout à fait la même forme et son nez est légèrement désaxé, en vrai cette dissymétrie est plus touchante que repoussante. Contre toute attente j'irais même jusqu'à dire qu'il pourrait être mignon, mais il y a du pain sur la planche. Je ne peux pas m'empêcher de me demander comment c'est possible de s'entailler autant en se rasant. Et puis la coupe DIY je suis plutôt pour, mais sur des cheveux hyper gras c'est pas possible. Ce n'est pas la peine de les cacher sous une casquette du conseil départemental de Seine-et-Marne, ça ne trompe personne. Il a la peau aussi blanche que celle d'un curé, et parfois j'ai l'impression de sentir le même parfum de moisi que celui qui flotte au fond des vieilles églises. Je ne ferai pas de commentaires sur ses fringues, celles-ci doivent appartenir à son père qui manifestement est plus grand que lui. Des fois il me regarde dans les yeux, mais ça ne dure jamais plus d'une seconde.

"Est-ce que vous voulez un café ? Ou un thé ? je lui demande presque en braillant pour couvrir le son de l'opéra.

— Je… Je sais pas si…

— Nous avons le temps, vous savez, pas de pression. C'est votre première journée, nous allons apprendre à nous connaître petit à petit, et pour ma part je compte bien me préparer un café. En voulez-vous un ?

— Alors… Très bien, merci. Je veux dire, oui je veux bien, merci", achève-t-il en déglutissant lentement.

Je vais faire couler deux expressos dans la cuisine en demandant au passage à Alcen de baisser le son. Il s'exécute sans me répondre. Je reviens avec les deux cafés dans mon bureau, Lucas se redresse dans sa chaise à la seconde où j'entre dans la pièce.

"Merci ! Merci…

— Lucas j'aimerais m'assurer que les raisons de votre présence ici sont très claires pour vous et qu'elles vous conviennent. Ce qui intéresse le Dr Alcen et moi-même, c'est votre expérience d'hikikomori. Votre parcours, les raisons qui vous ont amené à cet état, votre manière de vivre votre condition. Ça devrait nous permettre de mieux comprendre l'évolution du jeu d'interactions sociales dans notre société. Nos échanges sur Skype m'ont montré que vous êtes loin d'être idiot, aussi je pense à titre personnel que vos analyses politiques et la manière dont vous comprenez votre situation peuvent nous être d'une aide précieuse. Il me semble par ailleurs que ce travail est une opportunité pour vous, Lucas, de sortir de votre isolement, de manière simple et à votre rythme, et si vous le souhaitez bien sûr. Mais j'imagine que si vous êtes venu ce matin c'est que je ne me trompe pas trop ?

— …

— Vous n'êtes pas obligé de répondre sur ce dernier point, dites-moi juste si les conditions suivantes vous conviennent : venir ici trois jours par semaine pour tout d'abord passer une série d'entretiens thématiques, d'exercices logiques et psychologiques, puis porter un regard critique sur différents scénarios de coaching à des fins d'amélioration. Il s'agira enfin de comprendre ce qui aurait pu vous faciliter la vie ces dernières années. Bien sûr nous pourrons à tout moment travailler à distance par Skype si vous le jugez préférable.

— Ça me semble…
Il hoche la tête trois fois d'affilée.
— … tout à fait…
Il la secoue maintenant.
— … Oui, je trouve que c'est… Une bonne idée, en fait.
— Très bien. Pour commencer je vous propose de choisir librement entre deux exercices : le premier consiste en un entretien ouvert qui viserait à définir votre monde idéal. Il n'y a aucune limite, et bien sûr tout ce que vous direz ne sortira jamais de ce bureau. Le deuxième exercice est le test de Rorschach, vous savez les taches d'encre sur un papier qu'il s'agit d'interpréter. Qu'est-ce qui vous ferait plaisir ?"

La porte s'ouvre brusquement et Alcen se tient là, muet, il pose un regard chelou sur moi, puis sur Lucas, la poignée toujours dans la main, puis son regard revient se poser sur moi, il est immobile et ne dit rien, je m'attends à ce qu'il dise quelque chose, mais non il recule doucement en refermant la porte sans me quitter des yeux, pour disparaître comme il est apparu.

Putain, ce mec a l'air complètement taré, pire que mon daron, tête de mafioso en plus. Il était pas censé être ailleurs ? Je me demande ce que je fous là, dans cet immeuble de bourges, à moitié chez quelqu'un, à moitié dans un bureau, je me demande si je suis pas en train de me faire arnaquer. J'ai failli repartir à peine arrivé devant la porte ce matin, j'aurais peut-être dû… Mais bon j'ai fini par bouffer un demi Atarax, et maintenant j'ai la tronche trop congelée pour tirer des conclusions.

Bref je choisis Rorschach parce que décrire mon monde idéal, comment dire, ça me paraît pas un bon plan pour commencer. Déjà que j'arrive pas à aligner trois mots, si je délivre mes visions apocalyptiques et vengeresses dès le premier matin je risque de me retrouver enfermé pour de bon.

Mélanie vient s'asseoir à côté de moi et me montre la première image. Elle se penche légèrement en avant pour me la présenter, avec les genoux serrés, ça fait que ses cuisses se touchent juste avant son entrejambe, dessinant un triangle obscur, terriblement proche et excitant. L'anxiolytique peut pas tout faire, j'ai une pulsion. On ferait ça sauvagement sur son bureau une demi-heure après mon arrivée, ça réglerait probablement pas mal de choses, je me retrouverais d'un coup recomposé par cette union bestiale, dévidé du trop-plein, réintronisé parmi les Hommes et puis aussi parmi les hommes tout court, un avenir professionnel se dessinerait en même temps qu'un avenir amoureux, je lui ferais l'amour aidé par les années de frustration – dont je me suis rendu compte ce matin dans le premier RER D – ça correspondrait à tous les critères du sexe passionné, ce serait tendre et infiniment étrange, parfait mais touchant, divin et follement terrestre. Toute ma vie pourrait recommencer ici et maintenant, sur de meilleures bases.

Mais je me contente de fixer mon regard sur les taches d'encre, qui m'évoquent immédiatement la carcasse d'un bœuf écartelé par un boucher de métier.

“On dirait… Un nuage… qui s'étend comme ça… dans le ciel avant qu'il pleuve.”

Elle hoche la tête sans rien dire, les lèvres pincées, je me demande si elle se serait pas rendu compte que j'ai maté sa chatte à la volée. Elle me montre une deuxième figure, on dirait une copie exacte mais stylisée des schémas qu'on voit dans les livres de bio au collège, ceux qui montrent l'appareil reproducteur de la femme : la vulve, le vagin, l'utérus se développant vers les trompes de Fallope symétriques, elles-mêmes couronnées à l'envers, si on peut dire, par les ovaires. Heureusement une espèce de tête vient coiffer tout ça, j'ai pas trop de mal à improviser.

"Ça me fait penser à un mélange entre Nono, le petit robot d'*Ulysse 31*, et Eve, dans *Wall-E*. Quelque chose comme ça."

Elle esquisse un sourire cette fois, et je suis assez fier de pas de nouveau jeter un regard dans le triangle des promesses.

"Et celle-ci ?

Là, il faut que je m'arrache pour trouver quelque chose, parce que je vois rien d'autre qu'une bête tache d'encre sur un papier plié en deux.

— Heu… Une araignée ?

— Oui, bien sûr, enfin je veux dire il n'y a pas de bonnes ou de mauvaises réponses vous savez, l'araignée est intéressante." On dirait qu'elle aimerait ajouter une autre remarque pour rebondir, mais bon, elle sèche. C'est bizarre d'être avec quelqu'un qui me parle. Un court silence s'installe, et puis brusquement la sonnerie de l'interphone retentit. Elle m'avait pourtant dit que nous serions que tous les deux. C'est pas cool. J'ai l'impression que des mecs en blanc vont débarquer avec mon père qui gueulera par-dessus leurs épaules, je serai pris au piège au fond de cet appart, trahi sur toute la ligne. Je l'observe à tout hasard : elle est tendue vers la porte du bureau, elle est en alerte. J'aime pas trop. Le silence s'installe, c'est crispant. Comme elle regarde vers la porte, j'en profite pour la dévisager un peu longtemps, c'est pas tous les jours… Y a quelque chose d'animal dans son visage anguleux, une force vitale qui s'embarrasse pas de détails superflus, ça me rassure, ça me fascine, elle me trouble au moins autant que cette nouvelle visite : je m'agrippe à son visage comme au tableau de Bruegel. Elle finit par revenir vers moi en me présentant une nouvelle feuille.

MÉLANIE, LUCAS, MICHEL, IRÈNE

En vrai je galère grave. Je fais mon possible pour mettre Lucas à l'aise, mais comme il ne sort au mieux qu'une phrase toutes les trois minutes, ça me laisse peu de prise. Et puis je ne sais pas ce qu'il se passe à côté, mais ça ne me dit rien qui vaille. Alcen a coupé la musique, je l'entends trépigner devant la porte d'entrée, et puis finalement la sonnette retentit. Alors que Lucas est plongé dans une nouvelle image, je reconnais la voix d'Irène dans le couloir. Alcen est devenu subitement bavard on dirait, il éructe des phrases que je ne comprends pas tandis qu'ils se dirigent dans le salon.

"Une carte du Japon… Heu… Stylisée."

Je me demande comment Lucas peut voir le Japon là-dedans, là où la plupart des gens voient une ou deux femmes se serrant la main, ou carrément un triangle pubien dessiné en négatif. Il ne me dit clairement pas ce qu'il voit, tout comme il me paraît évident que ma présence féminine agite ses hormones si longtemps endormies. Il cherche à me faire plaisir : c'est un bon début pour travailler ensemble, mais pour l'aider à sortir de sa coquille va falloir que je fasse gaffe à maintenir la bonne distance.

“Mélanie !”

C’est Alcen qui vient de surgir sans crier gare. Il ne jette pas un regard à Lucas.

“Irène est là : nous parlons de choses importantes. Dont nous avons besoin de parler avec vous.” Il me fixe sans bouger, attendant que je me lève.

“Euh… Maintenant ? C’est-à-dire que je ne suis pas tout à fait disponible.

— Maintenant !

— Bon. Je vous prie de m’excuser, Lucas, visiblement je n’ai pas le choix. Tenez, vous pourriez regarder les autres images, et laisser venir en vous les impressions qu’elles suscitent ? Nous pourrons en parler ensemble tout à l’heure.” Lui aussi me fixe sans bouger, lui non plus n’a pas échangé un regard avec Alcen. Grosse ambiance.

Irène est debout dans le salon, à côté du fauteuil où Alcen retourne se servir un énième whisky. La bouteille de Lagavulin est aux trois quarts vide, mais il n’a pas du tout l’air ivre. Elle, a les traits tirés.

“Bonjour Mélanie ! me lance-t-elle avec un sourire non feint. Est-ce que tu es au courant pour Aurélien Hernandez ?”

Ce nom m’évoque vaguement un chanteur de disco, mais je sens que ce n’est pas la bonne piste. Alors Irène me relate les faits du week-end, et les nouvelles du matin. Je ne m’attendais pas à un tel coup de projecteur : les journalistes, les politiques, Juvénal en accusation, ça prend une proportion démente, carrément flippante, j’ai l’impression qu’on me tire vers un monde parallèle. L’image de ma mère m’apparaît alors subitement, je dois faire un gros effort pour la chasser de mon esprit et ne pas fondre en larmes. Je ne me suis jamais sentie aussi vulnérable.

“Quatre autres familles se sont associées à la plainte de la famille Hernandez pour se porter partie civile. Et un député de la majorité a déposé ce matin une proposition pour créer une commission d’enquête.

— Qui ça ?! éructe Alcen.

— Un député du Loiret si je ne m’abuse, Charles Mévineau ou quelque chose comme ça.

— Mévineau ?! Ah, il manque pas d’air celui-là ! Il a postulé l’année dernière pour intégrer l’équipe de recherche ! Quel trou du cul !

— Faites-moi plaisir, Michel, calmez-vous. Il faut garder notre sang-froid et jouer serré. J’ai pu *in extremis* sauver votre tête, mais vous n’êtes plus directeur. Vous allez être nommé conseiller spécial ou quelque chose comme ça. Le président de mon Groupe exige en outre un audit exhaustif et immédiat sur tous les volets de Juvénal et l’arrêt dès aujourd’hui des prestations en coaching comportemental.

— Quoi ?!” Alcen se lève d’un bond, pousse un cri contenu qui me fait penser à une vache qui meuglerait la gueule fermée, vide son verre d’un trait et se rassoit. “Et qui prend ma place ?

— C’est Rescourt, jusqu’à nouvel ordre. Je suis navrée, Michel, je n’ai pas pu faire mieux. En attendant, vous me retrouverez dans mon bureau à 15 heures, afin de préparer votre discours.

— Mon discours ?

— Il y a une conférence de presse à 18 heures, c’est vous qui allez la donner.”

Alcen se tasse un peu dans son fauteuil, mais ne répond rien. Il saisit la bouteille de whisky, mais Irène la lui arrache des mains.

“Et il serait bon, Michel, en particulier pour vous-même, que vous n’y soyez pas complètement beurré. Vous valez tout de même mieux que ça ! Quant à toi Mélanie, je suis désolée, mais il va sans dire que tes recherches ne sont plus à l’ordre du jour. Je pense que je pourrai te recaser dans mon service, mais nous en reparlerons plus tard. Ne t’en fais pas. Rentre chez toi, sois discrète, et n’éteins jamais ton téléphone. Je vous laisse, je dois sur-le-champ retrouver l’agence de com.”

Alors elle se rhabille, m’adresse un sourire navré, franchit la porte du salon qu’elle referme aussitôt, avec la bouteille de Lagavulin toujours en main. En vrai j’ai la désagréable sensation d’être un petit chien attaché à un arbre sur une aire d’autoroute, qui regarderait incrédule la voiture de ses maîtres s’éloigner.

MÉLANIE, MICHEL, LUCAS

Alcen se lève et commence à tourner comme un lion en cage dans le salon. Je ne sais pas si je dois rester, mais j'avoue que retourner auprès de Lucas m'est pour le moment impossible. Alcen ouvre subitement un placard, et en tire une autre bouteille, du Bowmore cette fois.

"Docteur Alcen… Est-ce que… " Il tourne la tête vers moi comme s'il venait de se rappeler soudainement ma présence.

"Est-ce que je peux vous prendre un verre ? dis-je en pointant la bouteille du doigt.

— Servez-vous, tout est là…"

La première gorgée est horrible, tout mon estomac se crispe et la salive envahit ma bouche. Je suis à deux doigts de gerber sur le tapis.

Vraiment, toutes ces taches ne m'évoquent rien d'autre qu'un devoir un peu nul qu'il faudrait faire semblant de trouver cool. L'odeur de Mélanie flotte encore dans la pièce, un mélange de tabac froid et d'un produit cosmétique quelconque, peut-être bien un parfum au jasmin, ou alors vanille, bon ben, j'y connais rien. L'image de son visage s'est imprimée dans ma tête, mais le bas de son oreille droite m'apparaît de manière très floue car j'ai absolument pas prêté attention à cette partie-là de son anatomie. J'aimerais qu'elle revienne pour que je puisse l'observer vite fait encore une fois, pouvoir reboucher le trou, mais elle va revenir, et je regarderai ses joues aussi, et peut-être l'implantation de ses cheveux sur son front, je voudrais retenir un maximum d'images pour ce soir. Elle revient pas. J'entends leurs voix étouffées alors que moi je suis seul dans cette pièce qu'est bien vide, les taches d'encre bon ça va, surtout que l'Atarax est en train de redescendre. J'improviserai un truc sur des tournesols ou des oiseaux, et tous ses papiers qui traînent sur son bureau, là à portée de main, non j'ose pas y toucher elle aimerait pas c'est sûr, et puis ça a l'air chiant en fait. Sinon, j'aurais pas choisi ce pot-là pour le ficus, mais bon. Je me lève et je colle mon oreille à la porte, ils discutent toujours mais j'arrive pas à comprendre ce qu'ils disent. Je fais tourner discrètement la poignée, j'ai l'habitude.

Elle ne doit pas picoler souvent, la petite ! Elle avale péniblement une deuxième gorgée pendant que je me ressers… Mais on n'est pas au bar, bordel ! C'est pas elle qui va se les taper, les trente connards de journaleux !

"Écoutez, mademoiselle Hilmec, je crois que votre tante a raison ! Rentrez chez vous, reposez-vous, détendez-vous comme vous voulez… Nous vous rappellerons bien assez tôt.

— Et qu'est-ce que je fais de Lucas, docteur Alcen ?"

Bordel, je l'avais complètement oublié, celui-là !

"Renvoyez-le.

— Quoi ?!
— Il n'a plus aucune raison d'être ici, faites-en ce que vous voulez ! À vrai dire je m'en fous pas mal…
— Vous voulez que je le vire, comme ça, deux heures après son arrivée ? Je ne le ferai pas ! On ne peut pas traiter les gens comme ça ! Vous savez depuis combien de temps il n'est pas sorti de chez lui ?
— Non, et j'en ai rien à foutre ! On a tous nos petits problèmes ! Et présentement il faut que je me concentre sur les miens…
— Mais c'est dégueulasse !
— Qu'est-ce qui est dégueulasse ?! Que vous ne puissiez pas tenir vos promesses ? Que vous ayez imaginé être sa sauveuse et que vous finissiez par être son bourreau ? Bienvenue dans le monde réel, mademoiselle Hilmec ! Non mais vous vous rendez compte de la situation dans laquelle nous sommes ? Vous n'avez plus de boulot, et donc lui non plus, ça ne me semble pas très compliqué ! C'est injuste, mais c'est comme ça ! On n'est plus à la fac, bordel ! Accompagnez-le sur votre temps personnel si vous voulez ! Emmenez-le en promenade, faire les magasins ! Un tour au parc ? À votre bon cœur ! C'est pas moi qui vous en empêcherai ! Mais plus rien ici ! C'est chez moi, je vous le rappelle ! Vous lui expliquerez ce que vous voudrez, mais vous allez me foutre ce type dehors ! Et tout de suite encore ! Et me foutre la paix dans la foulée !"

Mais ma parole elle commence à me gonfler, cette saloperie de gauchiste !

— Et si ça vous gêne, mademoiselle Hilmec, je m'en charge. Je vous assure que ça ne me prendra pas plus de vingt secondes…"

J'y crois pas… Non mais ce mec est vraiment la dernière des pourritures ! C'est pas sur le tapis que je vais vomir ! C'est sur sa sale gueule de con ! Nazi ! Alcoolo ! Pauvre type ! Et Lucas… Lucas, comment je vais lui expliquer ça, moi ? J'ose même pas imaginer ce qu'il a dû faire le pauvre gosse comme efforts pour venir jusqu'ici, sortir de lui, quitter sa chambre, et c'est moi maintenant qui dois le renvoyer en enfer ? Et l'autre qui me regarde comme un kapo ?

"Je m'en charge, mademoiselle Hilmec ?"

Connard, connard, connard ! Je vide mon verre et me dirige vers la porte du salon. Lorsque je l'ouvre je tombe nez à nez avec Lucas qui se redresse en sursaut. Il me regarde comme le bon Dieu, ou comme le diable, il me fixe intensément. Il a tout entendu, le con, l'oreille collée à la porte, je reste pantoise, qu'est-ce que je peux dire, il me dévisage maintenant, carrément en détail, il se décompose de plus en plus, ses pupilles sont hyper dilatées, et puis d'un coup il met les gaz et s'enfuit dans le couloir, manque de défoncer la porte d'entrée, j'ai à peine le temps de crier "Attends !" qu'il dévale déjà les escaliers quatre à quatre, une vraie bête furieuse, "Reviens !" je lui lance par-dessus la rambarde, et quand l'écho s'évanouit, on entend la porte de l'immeuble qui se referme et un silence abrupt se déverser sur tout l'immeuble. Un silence qui m'enveloppe les os et m'assourdit la tête, une tornade de néant qui m'avale tout entière.

LUCAS

Il déboule dans la rue à moitié titubant, son regard hagard saisit dès que possible la maison de ses parents, là-bas au bout de la rue terne, la journée est déjà bien avancée, il lui a été impossible de supporter le RER plus de deux stations d'affilée, hun, il a dû descendre à chaque gare ou presque, faisant semblant d'avoir une destination en attendant le prochain train, hun, afin de maintenir un mouvement sans lequel il se serait écroulé, hun, pour enfin se retrouver là, haletant sur le trottoir, hun hun hun, à quelques dizaines de mètres de son refuge, de sa base, de son centre ontologique, heureusement pour lui, aucun voisin à signaler derrière les haies bien taillées, pas de regard à fuir en plus du reste, huun, ses réserves d'oxygène sont toutefois minces, s'il lambine il mourra asphyxié à deux pas de l'air libre, celui qui ne circule pourtant pas entre les quatre murs de sa chambre, il mourra dans des convulsions impuissantes et animales comme un poisson sur le pont d'un chalutier qui gigote entre des bottes en caoutchouc, hun, il se penche donc un peu plus en avant pour augmenter la vitesse de la marche, l'effet de chute accélère le mouvement et lui fait franchir le portillon presque en courant, le buste prêt à s'écraser sur le sol, à la manière d'un marathonien sur la ligne d'arrivée, hun hun, tenir l'effort jusqu'à son ultime possibilité, le mur de la maison est là pour l'aider à ne pas s'effondrer mais l'acide lactique envahit d'un coup son métabolisme, huuun, les vomissures sont inarrêtables, les lauriers, compréhensifs, dissimulent les rejets sous leurs feuilles et regardent ailleurs, hun, hun, les quelques secondes d'éternel apaisement qui s'ensuivent ne font que lui renvoyer la crudité des faits : il lui reste peu de temps avant que ses parents ne rentrent, sa première vraie sortie depuis six ans est un échec humiliant, Mélanie l'a trahi si grossièrement si rapidement qu'à cette seule pensée, huun, il vomit de nouveau, c'est précisément le bas de son oreille droite qu'il a mentalisé, avec son lobe légèrement décollé mais quasiment entièrement soudé à sa mâchoire plutôt ronde, au moins en ce qui concerne sa partie haute, là où il a cru deviner un léger duvet qui se reflétait dans la lumière le long de sa dormeuse en acier, Lucas rouvre les yeux, il sue à grosses gouttes, les mains sur les genoux, la bouche ouverte, quand il les referme c'est l'implantation des cheveux bruns de Mélanie maintenant qui lui apparaît, ils dessinent un léger V qui lui fait penser à un vol d'oies sauvages, à un sous-bois moussu, à un banc de sable sous une mangrove, un endroit abrité et accueillant, les cheveux les oreilles les joues c'est pas comme les taches d'encre ce sont des images qui vivent avec une promesse d'éventualités, ça il aurait pu lui en parler de la différence entre ce qui aspire vers l'inéprouvé et ce qui travaille entre les murs, peut-être avec d'autres mots mais tout de même, au lieu de ça il a dû se ridiculiser devant ces taches ineptes, à part dans les films, qui utilise encore le test de Rorschach on se le demande bien, hin, elle l'a enfermé dans un rôle de simplet et il n'a même pas eu le temps d'essayer de le jouer, hin, à l'université c'était pareil ils ne lui ont laissé le temps de rien, l'humiliation est venue à la première hésitation, peut-être bien que les gens ordinaires confondent lenteur et incapacité, ou qu'ils supposent que les inconnus sont par définition niais, mais Lucas n'arrive pas à imaginer Mélanie de la sorte, son intelligence est certaine, et sa trahison n'en est que plus cruelle, huun, toujours est-il que l'heure tourne et n'est pas aux errements philosophiques, des briques sont entreposées depuis une éternité le long du mur de la maison, ce doit être un reste du barbecue fruste édifié par son père car elles en ont la couleur et la légèreté, Lucas s'en saisit à pleines brassées, han, les remonte dans sa chambre en un clin d'œil, han, et commence à les empiler contre les volets clos de sa fenêtre, il ne les a pas ouverts depuis des années, les volets pourraient suffire mais l'épaisseur de la protection compte en définitive, le regard à moitié fou il empile ces briques fauves méthodiquement sans s'arrêter un instant, le plus étonnant est qu'il respecte peu ou prou les règles de l'art malgré une inexpérience totale en matière de maçonnerie, malgré les larmes qui troublent sa vue, malgré les entrailles qui craquent, les joints sont croisés, les briques alignées, les rangs d'aplomb, le mur est promptement monté, le dernier rang s'ajuste parfaitement et inexplicablement sous le linteau, il y a vingt-six rangées de briques apparemment, il fait ça en un temps record, la fureur de l'angoisse s'est muée en instinct de survie, son être tendu dévale maintenant les escaliers jusqu'à la cave, il la fouille sans considération pour le vague ordonnancement qui l'organisait, trouve bientôt une visseuse et deux solides planches, fourre une poignée de vis dans sa poche, remonte aussitôt le tout dans sa chambre, et condamne sa porte depuis l'intérieur avec les planches disposées en X, une croix de Saint-André croit-il savoir, c'est fou ce que ses errements numériques lui ont apporté comme connaissances en matière de bâtiment, sa chambre est désormais proprement barricadée, extraite des jours et des nuits, hors de portée de son père, d'Alcen, des médecins et de tout ce qui s'ensuit, la visseuse est à l'intérieur, et seul Lucas a le pouvoir de l'actionner pour fendre son caveau, la tension se délite, son corps peut se relâcher, huun, ses nerfs craquer, il s'effondre sur le lit, bientôt ramassé par la peine en chien de fusil, seul dans son utérus de papier peint, habité par la voix grave de Mélanie qui résonne dans ses os et par la barbe naissante de Michel qui s'imprime sur ses paupières closes, Lucas pleure l'évidence de sa défaite, hun hun, les dents serrées, les mains sur les oreilles, le front plissé d'effroi, il lutte contre la présence de ces sensations pourtant lointaines, contre les spasmes qui secouent encore son corps inerte, contre la chute exponentielle de son espace figé dans un vide immense et sombre, les frissons succèdent aux bouffées de chaleur, la bouche déformée aspire autant qu'elle expulse, la gorge est garrottée par les sanglots, Lucas aimerait être pendu par les pieds, souvent il s'imagine comme ça, pendu la tête en bas, ballotté par la brise, les chevilles liées, les mains ballantes, pendu à la branche épaisse d'un chêne flamand par exemple, incapable de se désentraver, acceptant tranquillement ses liens comme on accepte le ciel ou la nuit, accroché par les pieds il regarderait d'un œil distrait le monde à l'envers, soumis à un mouvement non choisi mais léger, aléatoire et doux, la tête rendue plus ou moins sourde par l'afflux sanguin, le corps engourdi de son inutilité motrice, personne ne se soucierait de lui, ni bourreau ni trompette, il se contenterait d'exister, de sentir, de voir, sans rien devoir faire d'autre, huun, poids mort conscient et accepté comme tel, carcasse immobile échappée des lignes de l'abattoir, il lui semble que ça lèverait enfin toute forme d'ambiguïté, hun, hun, hun, hun.

MICHEL, IRÈNE

Alors que la nuit tombe, Michel Alcen est étendu dans son canapé en chaussettes, la chemise déboutonnée. Les lettres de l'hôpital qu'il a finalement ouvertes sont étalées sur la table basse. Elles ne présagent rien de bon, mais ce n'est toujours pas sa priorité, et ce n'est pas près de l'être ! Il a posé son verre de Bowmore sur son sternum et médite sur la situation. Il est certain qu'il n'a pas été brillant lors de sa conférence de presse mais enfin il a réussi à limiter la casse, c'est-à-dire à donner l'image d'une entreprise responsable et concernée capable de se remettre en cause en toute transparence. Comme le lui avait expliqué la conseillère en communication, l'objectif était de réduire le bruit médiatique autant que possible, et c'est ce qu'il a fait. On peut lui reprocher de ne pas avoir dégagé un sentiment de sincérité fort, d'avoir limité les expressions d'empathie à l'égard des familles à leur strict minimum, il n'empêche que vingt-quatre heures plus tard Juvénal ne faisait plus la une de l'actualité.

Il attrape un des dossiers de Mélanie qui sont étalés sur la table basse. Il les a tous imprimés, a eu le temps de les parcourir, puis de les lire, et maintenant il les relit. C'est qu'il n'a pas mis le nez dehors depuis la conférence de presse, et hormis quelques coups de fil d'Irène et de la cellule de communication de crise, ses journées se sont avérées inhabituellement sédentaires et peu remplies. Michel a découvert les hypothèses méthodologiques de Mélanie et lu attentivement ses notes générales. L'idée que délitement du lien social et haine de soi sont intimement liés l'a tout d'abord laissé froid. C'est que Michel s'aime plutôt bien, il n'a pas ce genre de problèmes. Mais son intuition l'a poussé à ranger le whisky et relire le texte de Mélanie en y accordant toute son attention. Querelles de voisinage, incivilité, judiciarisation, les rapports entre les membres de la société se tendent. OK, peut-être. Parce que l'extension de la marchandisation relationnelle enferme les interactions sociales dans une dualité prestataires/consommateurs. Elle aurait pu dire ubérisation, se dit Michel, mais pourquoi pas. Cela a pour conséquence l'augmentation des rapports de concurrence entre les individus, dans tous les domaines. Pas faux. Qui doivent donc envisager leur individualité, leur personnalité même, comme une offre commerciale à positionner, visibiliser, diffuser, et vendre. Ils doivent le faire avant, contre, par-dessus les autres, en étant capables de s'objectiver, d'être leur propre coach. Michel ressort le whisky. À la longue ça devient franchement lourd d'être en permanence son propre promoteur. Les individus se sentent épuisés par leur propre individualité : plus post-post-moderne, tu meurs. Michel vide son verre d'un trait.

Il comprend alors que toutes les activités de Juvénal gravitent plus ou moins autour de la prise en charge du moi. Les gens doivent se sentir beaux, reconnus, épanouis. Bien dans leur peau, bien dans leur tête. Et que ça se voie. Plus encore, intuitionne-t-il brusquement : que ça se sache. Un gros boulot ! Dont Juvénal peut les décharger, en leur proposant justement des solutions de valorisation de soi clef en main. C'est aujourd'hui la prise en charge du bien-être de ses clients, ce sera demain celle de leur rayonnement. Après avoir pour ainsi dire externalisé la question de l'épanouissement personnel, Juvénal peut maintenant s'attaquer à la plus-value sociale du moi ! Ça, se dit Michel Alcen tout émoustillé, c'est vraiment une idée de génie.

Il se redresse brusquement et pose son verre sans, pour une fois, le remplir de nouveau, avant de saisir un bloc-notes et un stylo : il écrit, ou dessine pourrait-on dire, les idées qui s'accumulent dans sa tête et tambourinent pour en sortir. Si Juvénal assure cette prise en charge du moi et son affichage, il faut y aller franco. Les gens drôles se font plus facilement des amis ? Il faudra créer une formation à l'humour : maîtriser la fantaisie à l'anglaise, apprendre à ne pas rire de ses propres blagues, travailler le comique de situation, de répétition, inventer ses propres mimiques, la mise en récit ; il y a sûrement des coachs qui existent déjà. Il ne faut pas oublier la gratitude. Dire merci toutes les deux phrases ne sert à rien, il faut savoir valoriser subtilement son interlocuteur qui vous le rendra inévitablement, cela aussi s'apprend. Tout le monde cherche un sens à sa vie ? Erreur ! Il ne s'agit que de maîtriser les techniques narratives pour faire passer un parcours chaotique pour une construction choisie. La singularisation les démange ? Mais tous les individus ont une expérience unique, il suffit de travailler sa présence au monde et de savoir la formaliser pour que n'importe quel quotidien banal éblouisse par son originalité. Une fois que le produit sera au point, il faudra travailler le marketing et la communication. Tout est là ! Il ne reste plus qu'à mettre en forme tout ça, élaborer les méthodes et budgéter l'ensemble.

Quant aux reclus, les notes de Mélanie lui semblent limpides. Foin de réinsertion, de resocialisation, d'accompagnement. Tout ce dont ils ont besoin, c'est qu'on les laisse tranquilles. Avoir un semblant de place dans la société, ne pas être culpabilisés, être reconnus à leur juste valeur, c'est pas sorcier ! Michel commence à fantasmer sur un pack que pourrait proposer Juvénal, incluant logement peu cher avec abonnement internet, livraisons et ménage à domicile, bouquet de services couvrant suivi psychologique, formations *via* les mooc, exercices physiques, en échange d'un peu de télétravail complétant les minima sociaux. Des tâches numériques, il y en a des milliards : modération de forum, transcription d'enregistrements, détourage d'images... Amazon et son Turc mécanique en savent quelque chose ! Mais Michel est soudain atteint par une intuition piquante : et si sa clientèle de reclus travaillait pour sa clientèle compétitive ? Gérer leurs comptes Instagram, leurs actualités Facebook, constituer des groupes d'amis fidèles et valorisants, liker en série leurs propres publications et rédiger des avis et des commentaires positifs sur leurs différents comptes, la liste est infinie ! Faire que les uns travaillent à la popularité des autres, externaliser le rayonnement de sa personnalité auprès de ceux qui refusent de mettre en jeu la leur, c'est simplissime ! Le désir des uns sera comblé par le besoin des autres ! Et tandis que Michel se sert cette fois un triple whisky, il se voit déjà rachetant des immeubles entiers dans des villes qui n'en ont que trop, Vichy, Saint-Étienne, Laval, Maubeuge ou Troyes, Carcassonne même ! Un RSA, des APL plus un mi-temps en télétravail géré par une plateforme centrale, assaisonné d'une bonne rasade de données exploitables sur les habitudes de ce gigantesque marché en devenir que sont les reclus : la rentabilité lui tend les bras !

Si Michel a la bouche ouverte et le souffle court, s'il ne cligne plus des yeux, son esprit en ébullition n'en reste pas moins extrêmement logique : il a l'idée, soulager les gagnants en rentabilisant l'exclusion, il ne lui reste plus qu'à convertir ses intuitions géniales en business plan. Et s'il restructurait Juvénal SA pour en faire une holding et filialiser les différentes activités ? Oui c'est ça ! Faire décoller l'internationalisation tout en compartimentant les risques et en assurant un cash-flow suffisant pour les branches les plus rentables. D'après les derniers résultats c'est envisageable à moyen terme, l'avantage comparatif sur la concurrence devrait être globalement préservé, et l'exploitation par Juvénal de la réclusion sociale pourrait prendre son essor à un rythme plus que satisfaisant. Michel Alcen est debout maintenant, il tourne autour du canapé avec son bloc-notes en main, s'assoit sur le fauteuil, contemple la fenêtre, le tapis, il se relève, noircit des pages que lui seul peut interpréter, des gouttes perlent de son front et son rythme cardiaque s'est accéléré, il jette sur le papier les différentes hypothèses budgétaires, toutes les pistes de défiscalisation possibles, estime le volume du marché. Il effectue un rapide calcul : les perspectives financières semblent énormes !

Subitement la sonnette déchire l'air de l'appartement vide et silencieux.

Michel Alcen est parcouru d'un frisson, brutalement ramené au réel. Il reboutonne sa chemise rapidement, enfile une paire de chaussures et, à la dernière seconde, pense à enfouir sous une pile de papiers les lettres de l'hôpital restées imprudemment découvertes.

Il ouvre la porte à Irène, qu'il n'attendait pas. Elle entre, bouteille de Lagavulin en main, et s'assoit dans le canapé sans que Michel ne l'y ait invitée.

"Vous nous amèneriez deux verres ?"

Elle est venue lui donner des nouvelles, lui dire que la commission d'enquête parlementaire ne sera finalement pas créée, la candidature de Mévineau à Juvénal ayant fort à propos fuité, mais que désormais dix familles sont associées à la plainte des parents Hernandez.

"Il va falloir vous préparer à être mis en examen et, j'en ai bien peur, à subir un procès dans quelques années, dit-elle d'un air contrit. Est-ce que vous avez un bon avocat ?

— Oui bien sûr… lui répond Michel tout en prenant conscience que sa chemise est mal boutonnée, mais je ne serai jamais condamné ! Nous avons suffisamment travaillé les aspects juridiques de Juvénal pour que je puisse dormir tranquille… Du reste Juvénal en tant que personne morale risque plus, mais nous avons des assurances pour cela.

— Et vous, Michel, comment allez-vous ?"

Cette question intime surprend Michel Alcen, qui bafouille une réponse à peu près positive.

“Vous en êtes bien sûr ? Vous n’êtes pas sorti de chez vous depuis quatre jours, et si j’en juge par le nombre de bouteilles vides qui traînent sur la table, votre consommation de whisky se maintient à un niveau élevé, dit-elle en ne sachant que faire de celle qu’elle a en main. Et puis votre chemise est mal boutonnée.

— Comment savez-vous que je ne suis pas sorti de chez moi ? demande Michel, de plus en plus désarçonné.

— Eh bien, c’est très simple : figurez-vous que j’habite l’immeuble d’en face. J’aurais trouvé plus élégant que vous vous en rendiez compte plus tôt, éventuellement par inadvertance, voire par curiosité, mais autant je pense que vous avez un sens de l’observation sociale très acéré, autant je ne crois pas que l’étude fine de votre environnement immédiat fasse partie de vos qualités.

— Que voulez-vous dire ?

— Je pense que Juvénal est indiscutablement une des aventures les plus novatrices qui soit, et que cela repose essentiellement sur vous, Michel, vos intuitions, votre pugnacité et votre sens du business. Mais que par ailleurs vous êtes tout à fait capable de foncer dans un mur sans le voir. De vous oublier, par exemple. J’aimerais m’assurer que les épreuves que nous traversons ne mettent pas à mal votre énergie qui, je dois le reconnaître, est fascinante.”

Michel est saisi d’un moment de stupeur, ses interlocuteurs ne se risquent pour ainsi dire jamais sur le terrain de l’empathie avec autant de franchise, il n’est pas habitué à recevoir des compliments aussi directs. Son esprit est figé par cette déclaration, ses tempes s’échauffent et sa gorge s’assèche. Il arrive malgré tout à bredouiller une forme de merci, qu'il n'est pas sûr d'avoir réussi à rendre audible.

"Venez vous asseoir, Michel."

IRÈNE ET MICHEL

Michel Alcen reste paralysé l'espace d'une seconde, avant de s'excuser auprès d'Irène. Il file dans la salle de bains et avale promptement un comprimé de Lévitra, on ne sait jamais. L'âge, le stress, la poussière qui recouvre son désir et son sexe rendent tout sauf évidente une érection digne. Il se regarde un instant dans le miroir, avec une expression mi-inquiète, mi-fière. C'est que Michel a bien conscience qu'il ne pourra pas fuir cette fois, son désir commence à le dépasser d'une bonne tête et prend un air inflexible, son corps tout entier réclame des caresses et de la jouissance, sa peau, ses testicules, son périnée sont en révolte, c'est probablement leur dernière chance, surtout avec une femme telle qu'Irène, et il est hors de question de la laisser passer comme toutes les autres fois. Michel déglutit, se parle à voix basse dans la lumière blanche du néon pour se donner du courage, et inspire profondément.

Dans le salon Irène l'attend, immobile et souriante, le dos très droit, douchée par les plafonniers d'une lumière chaude quoique électrique.

"Sortez-nous donc ces deux verres, Michel, et servez-nous, voulez-vous ?" Michel bredouille et s'agite, manque de faire tomber quelque objet d'art placé sur la cheminée, finit par poser deux verres à moitié pleins, des quintuples au bas mot, et s'assoit sur le canapé auprès d'Irène, pas trop près, mais certainement pas trop loin non plus.

"Tout va bien, Michel ?

— Je… Absolument ! Oui." Irène sourit en regardant ce petit garçon de soixante-cinq ans aussi dépassé qu'un lapin pris dans les phares d'une voiture.

"Lors de notre première rencontre à Juvénal, j'ai dû m'efforcer de ne pas trop marquer mon admiration, vous l'aviez remarqué ? Ce lieu est génial, Michel, il est génial parce qu'il vous ressemble. Foutraque, surprenant, vivant, mais terriblement maîtrisé. L'affaire Hernandez ne nous facilite pas la tâche, mais je voulais m'assurer que vous n'ayez pas de doute sur le fait que… Eh bien, que je crois en vous. Que je crois en toi, Michel. Comme cela m'est rarement arrivé au cours de ma carrière.

— Irène, vous… Tu… Je ne sais pas si je mérite tous ces compliments ! Mais venant de… toi ! Je les accepte ! Avec plaisir ! Je prends ! Trinquons ! À vrai dire, tu n'es pas mal non plus ! Enfin je veux dire…" Irène ne peut réprimer un petit rire qu'elle étouffe dans une gorgée de whisky.

"Tout ce que tu as fait pour faire avancer les choses, me suivre dans mes intuitions, trouver l'argent, gérer le cas Hernandez, quelle pro ! Quelle classe !" Le sourire d'Irène reste large, ses yeux continuent de pétiller dans ceux de Michel. Il sent bien que s'il ajoute une phrase ça sera forcément une connerie, il sera trop bourrin ou alors trop distant, à côté de la plaque à coup sûr, il ne peut pas non plus rester silencieux, le temps même de penser à ça, ses secondes de mutisme autorisé se sont écoulées, le point d'équilibre est en train de chanceler, l'éternité va se suicider, les phares de la voiture sont sur lui, bientôt le pare-chocs et adieu lapin, tandis que le Lévitra commence à agir dans toutes ses profondeurs, tandis que le whisky dessèche lentement sa gorge, Michel coupe son souffle et avance lentement la main vers le genou d'Irène, la regardant au fond des yeux, et la pose dessus.

Irène ne bouge pas.

La main gauche sur la tempe, l'autre tenant le verre à whisky à peine entamé, elle continue de sourire et de fixer Michel dans les yeux. Elle le laisse comme ça aussi longtemps qu'il le désire, persuadée que ce n'est que juste générosité : que Michel savoure cet instant de grâce et de promesses, lui qui en a manifestement été tant privé. Elle peut presque sentir les blocages qui se liquéfient en lui, les entendre même s'écouler dans sa géographie intérieure, bouchons de branches et de feuilles mortes emportés par la crue, il s'assouplit à vue d'œil, se redresse imperceptiblement, et la température de sa paume sur le genou augmente sensiblement. Elle devient chaude, limite brûlante, si bien que Michel remonte sa main tout entière sur la cuisse d'Irène, enhardi par ce regard porteur d'assurance et d'invitations.

“Ma journée de demain est très chargée, déclare Irène en repoussant calmement la main fiévreuse sur le canapé. Et tout ne doit pas être rapide pour être intense.”

Elle se lève, récupère son sac, et demeure quelques instants immobile, le temps que Michel, abasourdi, reprenne ses esprits et bondisse bientôt pour la raccompagner, concentré comme jamais, attention se dit-il, ni impair ni lourdeur ni indifférence ni précipitation ni fébrilité ni attente ni surprise ni gêne ni extase ni frustration ni sentiment de rejet, d'humiliation ou de culpabilité : ils arrivent à la porte.

"On se revoit jeudi, qu'en dis-tu ?" lui sourit Irène, qui lui colle un baiser sur la joue comme une midinette, avant de s'échapper sans attendre sa réponse.

Michel referme la porte et regagne son salon, hagard, enivré par la présence persistante d'Irène. Il a la bouche légèrement entrouverte, le parfum de son shampoing dans les narines, et le Lévitra lui procure désormais une érection démesurée. Comme un automate il ouvre son ordinateur et trouve une nouvelle vidéo de la jeune Tchèque aux traits d'Irène avec une rapidité déconcertante.

Michel est assis dans le fauteuil, il caresse d'une main le genou de l'accoudoir, de l'autre son sexe ressuscité quoique un peu déçu d'être de nouveau seul, l'actrice ressemble moins à Irène que la première fois, elle a rajeuni, mais ses gestes sont aussi rythmés, élégants et pleins de confiance que les siens. Elle l'invite, s'approche, lui lance des regards simples et sans équivoque, allume quelques lampes de chevet, réduit l'intensité de l'halogène et éteint le lustre pour tamiser la lumière. Elle vient poser son genou sur l'accoudoir du fauteuil, laisse glisser sa cuisse duveteuse sous la main de Michel, la fait coulisser avec espièglerie jusqu'à ce que les doigts frôlent son entrejambe, tout en le regardant en face, souriant, une main sur la tempe, l'autre enserrant un verre de whisky, il n'y a pas besoin de mots pour qu'elle comprenne que Michel, à soixante-cinq ans passés, ne sera jamais mieux installé qu'au fond de son fauteuil, elle lui caresse la joue, laisse traîner ses cheveux blancs sur son visage cramoisi, l'embrasse avec une fougue et une délicatesse que Michel n'imaginait pas, son chemisier bientôt s'entrouvre, le soutien-gorge saute, laissant apparaître un buste ferme et juvénile, les aréoles se frôlent, les deux bouches se mêlent, ce regard intense et soutenu convie Michel à se laisser glisser dans la morphose des corps sans âge, lui qui a si longtemps mis son désir de côté, repoussé sa sexualité dans les limbes des échecs inavouables, lui dont le corps n'a en vérité jamais été touché, Michel Alcen, soixante-cinq ans, dont la virginité est enkystée depuis si longtemps qu'il s'en désintéresse par précaution subconsciente, est soudainement submergé d'une vague de désir bouillante. Le délicat petit goût de honte qui l'accompagne exhausse son abandon. Et si tu jouais de mes boucles d'oreilles avec ta langue, qu'en dis-tu, pendant que je t'aide à déboutonner ta chemise pelote-moi, qu'en dis-tu, nos muscles débonnaires doivent pouvoir le faire, et la chaleur des sexes fusionner en une boule ardente. Michel a sa verge gonflée bien en main, en face c'est plus confus, entre-t-elle en contact avec des petites lèvres ou les sempiternels mêmes doigts dissimulateurs on ne sait pas, toujours est-il que la réaction épidermique devient exponentielle, l'attirance est irrémédiable, oh Irèniova, je m'abandonnerai à vos solides épaules dès que vous le voudrez, votre ventre peut s'abattre sur moi, votre cul est ici chez lui, et Michel ose pétrir ces rondeurs parfaites mais chaudes, en devine la géographie, pénètre presque malgré lui ce corps passionné qui s'offre avec une générosité assumée, pur don de soi mis en acte qui va bien au-delà de l'érotisme, les mouvements des bassins petit à petit se synchronisent, les frottements sur les peaux blanchâtres et tachées s'accélèrent, sans aller bien sûr jusqu'à la vulgarité mécanique, Irène et la jeune Tchèque sont de mèche pour introniser Michel dans leur jeu, il se laisse bien volontiers faire, tâche de participer comme il peut, avec reconnaissance et humilité, les cuirs distendus, les rides et autres bourrelets disgracieux piquetés de cellulite participent à la fête, un genou se retrouve de nouveau sous la main de Michel, mais peut-être est-ce un sein, un flanc ou une nuque alanguie, la poitrine intergénérationnelle balaie son torse à la pilosité blanchie mais raisonnablement anarchique, ses testicules flétris effleurés par des caresses joueuses se resserrent et sont parcourus d'une chair de poule délicieuse, son anus se rétracte malgré le doigt qui cherche à s'y faufiler, son souffle s'accélère et se raccourcit, tout comme son mouvement de poignet, qu'en dis-tu, le regard, les boucles d'oreilles, les muscles saillants, les cheveux argentés, la bouche suave, l'assurance, la candeur, Irèniova, Michel éjacule avec une violence qui manque de le faire tomber de son fauteuil.

La vidéo s'achève, laissant ce corps ravagé par la jouissance revenir doucement à lui.

MÉLANIE

Tandis que Michel reprend son souffle, tandis qu'Irène s'endort attendrie par la nuit, alors que Lucas lutte de toutes ses forces contre l'entropie croissante de son être, Mélanie scrute l'écran de l'ordinateur portable posé sur ses genoux. Elle est restée en pyjama, comme à peu près tous les jours depuis la scène chez Michel ; ses colocs n'y prêtent plus attention.

Il y a du monde autour d'elle, dans la petite cuisine de leur appartement : Mathias, Julie et Malika sont tous là cette semaine, et un couple d'amis de Julie lui rend visite. Ils sont très sympas tous les deux, joviaux même, cette virée parisienne est pour eux l'occasion d'une bonne bouffée d'oxygène. Loïc et Renaud, en tout cas ce sont les prénoms dont croit se souvenir Mélanie, relatent leur journée : expo au Grand Palais, une autre à la fondation Cartier-Bresson, ils sont aussi tombés sur une petite boutique de créateur aux prix inaccessibles rue des Blancs-Manteaux. Ils sont enthousiastes. Il est vrai que Paris devient agréable à condition de ne pas y travailler ou d'y gagner beaucoup d'argent. Mais Mélanie, si elle aime à se réfugier dans cette bonne humeur ambiante, ne peut y prêter qu'une attention relative : hormis ses passages aux toilettes ou dans la salle de bains et quelques rares fois dans sa petite chambre dont les murs laissent tout passer, elle n'a pas vraiment eu de moments seule face à elle-même depuis qu'elle est en pyjama. Alors que sa pensée aurait précisément besoin de froideur et de recul.

Elle ouvre ses boîtes mails pour vérifier encore une fois. Il n'y a que deux messages non lus, une lettre d'information du Samu social, et un courriel du 65 appelant à une réunion pour gérer l'espace infokiosque. Son quotidien partagé entre le Samu et le squat lui semble d'un coup bien loin, et c'est d'autant plus cruel qu'elle n'a toujours pas de nouvelles de Lucas. Elle réalise subitement que son cours d'alphabétisation aurait dû avoir lieu l'après-midi même, elle n'y a pas pensé un seul instant. Ça craint, les connaissant, ses élèves ont dû l'attendre pendant une heure. Elle se fend d'un courriel d'excuses, enfin une possibilité d'action, prétexte une maladie, encore un signe de lâcheté : décidément non, elle n'est pas près de quitter son pyjama. La lâcheté, elle y va fort on peut dire, mais c'est malgré tout ce qu'elle ressent, et présentement ce ressenti la constitue.

Il la constitue encore quand le souvenir de sa mère remonte à la surface, et ces derniers temps c'est encore plus fréquent. Elle n'est pas retournée dans la Drôme, n'a pas revu son père, elle s'est sauvée loin des dettes et des démarches, loin de tout ce qui rappelle la perte, celle de l'être cher mais aussi celle de l'enfance immortelle qu'elle ne retrouvera jamais. Elle se sent redevable vis-à-vis de sa mère, responsable de son souvenir, mais elle ne sait comment animer sa mémoire et ne pas en faire qu'un bloc d'archives mentales figées, redondantes et étriquées.

Sur l'écran de son téléphone, le présent n'affiche rien de nouveau non plus. Irène ne lui a donné aucun signe, pas d'appel, pas de mail, pas même un humble texto. Ne parlons pas d'Alcen, il ne fallait pas s'attendre à autre chose de sa part. Mélanie place encore un peu de confiance en sa tante, mais tout de même elle l'aura mise dans une situation impossible : un travail semi-clandestin avec un manipulateur à moitié timbré, Lucas dont elle n'arrive pas à oublier le dernier regard horrifié, et puis maintenant elle ne sait rien de son présent ni de son futur. Va-t-elle devoir un jour quitter son pyjama ? Devra-t-elle alors enlever ses lacets et sa ceinture pour plusieurs mois ? Ou bien lutter à mort contre sa culpabilité ? Et quelle porte de sortie pourrait bien lui proposer Irène ?

"Elle dégage une tristesse incroyable ! On dirait qu'elle a le visage carrément vérolé, rongé par la peine, en plus avec les coulures de peinture t'as vraiment l'impression que c'est pas ses yeux qui pleurent mais c'est elle, c'est toute sa personne je veux dire, son front, ses cheveux, tout. Non, franchement c'est fort ! Regarde." Mélanie relève la tête mais non, ce n'est pas d'elle que Loïc parle – ou Renaud du coup on ne sait pas trop, mais du pochoir de Banksy sur la porte arrière du Bataclan. Elle regarde à son tour la photo sur l'écran du smartphone, mais sent vite qu'il ne vaut mieux pas qu'elle s'y attarde. Elle a déjà envoyé trois mails à Lucas, a constaté que son compte Facebook avait été fermé, sans message posthume, elle le craignait franchement, et bien sûr il ne s'est jamais reconnecté à Skype. Elle-même ne peut s'imaginer trop longtemps la violence qu'il a dû ressentir, qui doit le saisir encore, sans accroître méchamment son sentiment d'impuissance. Elle ne peut pourtant s'y résoudre. Il doit y avoir quelque chose à faire, un endroit où placer une forme de révolte, une possibilité d'action. Quelques heures après sa fuite, elle a contacté le Dr Tibure pour lui narrer la scène chez Alcen, s'est humiliée dans la contrition, l'a conjurée de faire quelque chose pour lui, mais elle n'a obtenu qu'une réponse froide et factuelle.

Ce dernier souvenir l'illumine : elle retourne à sa boîte mail et rédige avec l'avidité de l'intuition un courrier au Dr Tibure lui demandant l'adresse des parents de Lucas. Elle ne sait pas si elle s'y prend bien, mais elle sait qu'elle doit le faire. Elle présente d'abord sa requête comme une proposition, puis développe : l'idée qu'elle est peut-être la dernière personne à pouvoir encore parler à Lucas est un argument de poids, que ses excuses ne puissent qu'aider à la résilience de Lucas la place définitivement du côté de la bienveillance, et en se référant à l'autorité médicale son élan humaniste se revêt d'un lourd manteau d'humilité.

Elle clique sur Envoyer avec tout l'espoir qui lui reste et rejoint le regard de Malika venue s'asseoir à côté d'elle. Elle sourit presque.

“Dis, Mélanie, t'es toujours partie pour trouver un nouvel appart ? J'ai un pote qui serait intéressé pour reprendre ta place ici.”

IRÈNE, MÉLANIE

En poussant la porte, j'ai tout de suite compris qu'elle serait en retard. Je me suis installée à une table pour deux près des vitres, et j'ai commandé une Vals citronnée tout à fait assortie au lieu. C'est un café coincé entre deux boulevards comme on n'en voit qu'à Paris, un genre à part entière : anonyme, capitonné, sans musique mais bruyant. Fréquenté, fourmillant même, mais hyper discret. Irène finit par arriver.

"Bonjour Mélanie, excuse-moi de ne pas t'avoir rappelée plus tôt, mais je n'ai pas eu beaucoup de temps avec les derniers événements."

Elle porte un manteau mi-long évasé, un pantalon droit un peu large qui tombe sur des bottines discrètes. Ses cheveux blancs impeccablement coiffés tranchent avec sa tenue noire : l'élégance, comme toujours, mais d'habitude ça me rassure plus. Elle commande un thé vert.

"Entre l'agence de com, les médias, les avocats et la direction, je dois la jouer fine. Gérer une crise est passionnant, mais ce n'est pas vraiment de tout repos, crois-moi. Et toi, ça va ?

— En vrai ça dépend des jours, mais je préfère définitivement être à ma place qu'à la tienne.

— J'ai discuté avec Cabret des RH de chez nous, ils sont un peu juste en ce moment, il pensait engager une assistante. Ça t'intéresserait ? Il m'aime bien, il suffirait que je lui en parle."

Un poste d'assistante en RH ? Je ne vois pas trop le rapport. L'idée qu'elle se paie ouvertement ma tronche me saisit plusieurs secondes, mais je me reprends, et je lui balance en réfléchissant à voix haute :

"Tu sais que ce n'est pas le genre de boulot qui me fait rêver. Cela étant, c'est pas avec l'avance de chez Alcen que je vais aller bien loin. Et je supporte de moins en moins la vie en coloc. Je me rends compte que je n'ai plus du tout envie de vivre dans une chambre de cinq mètres carrés et de partager un demi-rayon de frigo. Et puis j'arrive à un âge où il est plus difficile de s'enthousiasmer pour une nouvelle expérience alimentaire mal rémunérée, je suis sûre que tu comprends ça. Alors oui je préfère mille fois ta proposition que de retourner servir des bières à Oberkampf ou que de démarrer une passionnante carrière d'hôtesse d'accueil au salon du camping-car. Merci Irène, c'est chouette de ta part.

— Très bien, me répond-elle en souriant, j'imagine aisément que tu ne feras pas de vieux os à ce poste, mais il faut savoir aller de l'avant, je te félicite. Est-ce que tu serais prête à démarrer lundi ?

— S'il le faut…

— J'appelle Cabret."

Cinq minutes plus tard, j'envoie par mail mon état civil, les scans de ma carte vitale et de mon passeport, et l'affaire est entendue. Désormais sans objet précis, nous nous retrouvons soudainement démunies dans la conversation. Je n'insiste pas, je trouve que c'est plutôt à elle de faire l'effort, surtout qu'elle a toujours excellé dans l'art du rebond.

"Tu as eu des nouvelles de Lucas Mialène ?

— Pas vraiment. Je dois passer chez ses parents demain, ils n'ont pas pu communiquer avec lui depuis son passage chez Alcen." Je marque une pause pour générer un début de gêne : je n'ai pas envie d'exonérer tout à fait Irène. Bien sûr, ça ne marche pas.

— Tu es inquiète ?

— Et comment ! Ses parents n'ont pas pu lui parler, ils ne l'ont même pas vu depuis l'autre fois ! C'est un type qui n'allait déjà pas très bien avant qu'on l'embringue dans nos histoires, et s'il ne s'est pas déjà foutu en l'air au fond de sa chambre, il lui faudra des années avant de prendre à nouveau le risque de mettre le nez dehors. Et évidemment, nous sommes responsables de cet état de fait.

— Tu te sens coupable.

— Bah ouais, tu m'étonnes, pas toi ?

— Coupable, non. Je te rappelle que je ne l'ai jamais rencontré. Et puis il arrive que les événements nous dépassent et qu'on ne puisse pas faire le bien pour tous. Mais je ne suis pas indifférente : je me sens triste pour lui, et j'espère sincèrement qu'il va s'en sortir. Je pense simplement que je ne suis pas la mieux placée pour lui venir en aide." Elle marque une pause, avant que subitement son visage ne se détende : "Et puis, pour ne rien te cacher, ma vie personnelle est en train de prendre une tournure imprévue." Elle finit son thé, repose la tasse dans la soucoupe, et me regarde fixement. Je n'ai pas envie de la laisser dévier sur ses propres histoires, alors je ne dis rien.

"Ça te choque que je réagisse comme ça ? me demande-t-elle.

— Écoute, je te remercie, franchement, pour le boulot et tout ça, mais je crois qu'on n'a pas du tout la même vision des choses.

— Ça me semble évident en effet : tu affiches plus facilement ta sensibilité et c'est tout à ton honneur. Mais comprends bien que c'est un luxe que les femmes de ma génération n'ont pas pu s'offrir, et je ne suis pas sûre que la tienne le puisse davantage. Peut-être apprendras-tu un jour que les hommes de pouvoir ne respectent que la froideur, Mélanie. Souviens-t'en si tu veux nourrir tes ambitions.

— Je ne trouve pas que faire preuve d'empathie soit une faiblesse, et je ne crois pas que les femmes doivent adopter l'égoïsme des hommes. Je crois que les femmes doivent être du côté des faibles."

Irène sourit, l'air un peu gênée, et garde le silence.

Nous nous quittons dans une ambiance étrange, comme si nous n'avions plus aucun secret l'une pour l'autre, et comme si cette transparence nous avait rendues définitivement étrangères. Chelou. Irène, que j'ai toujours considérée comme féministe, me semble l'être de moins en moins. Leïla aurait ajouté que c'est aux hommes de faire la paix avec leur sensibilité, et en vrai je lui donne entièrement raison. Je ne sais pas si c'est la bise glacée du boulevard ou le fossé qui vient d'apparaître entre Irène et moi, mais je suis parcourue d'un violent frisson.

LUCAS ET MÉLANIE

Il n'y a pas de vent à Melun, l'air est statique et atone. J'ai du mal à me repérer dans la trame pavillonnaire du quartier mais je finis par trouver la rue Salengro où les clôtures en béton le disputent en rectitude aux haies de lauriers. Le 9 bis n'échappe pas à la règle. J'inspire profondément après avoir vérifié le nom sur la boîte aux lettres, et pousse le portillon métallique. Le bouton de la sonnette sur lequel j'appuie fait alors retentir le *la-fa-sol-do* de Big Ben dans une horrible tonalité de synthétiseur.

"Bonjour, vous êtes mademoiselle Hilmec ? Entrez ! Entrez vite !"

Sa mère, une petite femme replète et décolorée, m'offre un café dans la cuisine. Tout est propre et bien rangé, rien ne traîne. On s'assoit face à face, la table est recouverte d'une toile cirée cheloue, vert et bleu en pied-de-poule, carrément psychédélique. Des formes apparaissent, bougent, prennent du relief, j'ai l'impression d'être défoncée. Je détourne vite le regard. Au salon on entend des commentateurs sportifs brailler des insanités à propos d'une équipe de foot.

"Je suis contente que vous soyez là, vous savez ! Le Dr Tibure m'a dit que vous connaissiez Lucas ?

Vous devez être une des rares personnes qui… Prenez donc un gâteau… ! Oh là là, je ne sais plus quoi faire… Mon Dieu ! Depuis la journée où il est sorti, il ne m'a plus rien dit, au moins avant un grognement… Il ne prend plus qu'un repas par jour : mais vous vous rendez compte ? Il ne ramasse plus celui du midi, je continue à le lui poser, je frappe, mais le plateau reste devant sa porte tout l'après-midi ! Enfin le soir quand je rentre, il n'a pas bougé… Qu'est-ce qu'il faut faire ? Je ne sais même pas s'il est malade ! Il pourrait crever dans sa chambre, on ne le saurait même pas !

— Ça nous ferait de l'air !" C'est le père qui gueule depuis son canapé. Mme Mialène se lève pour fermer doucement la porte vitrée de la cuisine, en silence.

"C'est très compliqué avec mon mari, dit-elle en se rasseyant. Lui il ne comprend pas qu'on puisse rester comme ça sans rien faire, ça l'énerve, vous comprenez. Je lui ai dit que vous veniez, il a haussé les épaules et il a continué à regarder sa télé, pas un mot, rien. Oh, vous êtes bien gentille de venir jusqu'ici ! Mais servez-vous un petit gâteau, servez-vous donc ! Il n'a pas la patience, c'est comme ça les hommes, il voudrait « l'attraper par la peau des fesses », comme il dit, mais moi je ne crois pas que ce soit une bonne idée, Lucas c'est un garçon fragile, déjà petit comme il était timide ! Et puis la violence ça règle rien, c'est les hommes qui pensent ça, mais moi je sais, on se défoule et puis après ? Ça amène quoi ? Souvent c'est encore plus de problèmes… Non alors ! On a vu ce que ça avait donné… Mais faut le comprendre, c'est pas facile pour mon mari non plus, on ne sait pas quoi faire, nous ! On n'est pas médecins ! Vous avez des enfants ? Vraiment les maladies dans la tête je ne vous le souhaite pas… Quoi ? Pas malade ? Peut-être, je ne sais pas… Mais pourquoi il fait ça alors ? Oh, vous savez, ce n'est pas facile pour une mère, heureusement qu'il y a le Dr Tibure, avant on allait voir le Dr Bertrand, rue des Merisiers, vous connaissez ? Non ? Il pensait que Lucas se droguait, il lui a prescrit des anxiolytiques et puis il nous a conseillé de l'envoyer chez les fous… Mon petit Lucas chez les fous… Quand même… Malade peut-être, mais pas fou Lucas, moi je le connais ! C'est moi qui l'ai fait ! Pas fou, je vous dis, il est malheureux, mais qu'est-ce qu'on peut y faire ? Vous en pensez quoi, vous ? Dites, vous êtes sa copine ?… Ah… Ouh là ! Oh oh ! Excusez-moi, je me mêle de ce qui ne me regarde pas ! Vous allez essayer de lui parler ? C'est pas facile, hein, je vous préviens… Peut-être que vous… Vous êtes mignonne ! Mais si vous le voyez vous pouvez lui dire que… Non, c'est pas grave. Enfin qu'il mange, quoi ! Reprenez donc un petit gâteau. Vous voulez le voir, oui. Ben faudra déjà qu'il vous ouvre. Allez-y. Ah oui, attendez, je vous emmène."

Alors sa mère me conduit à l'étage et s'arrête en haut des escaliers. Elle me montre du doigt une porte à gauche du couloir en chuchotant : "C'est là !" Je l'aurais parié, meuf, par terre le plateau-repas du midi attend toujours d'être saisi. Il y a de la moquette au sol, et de la tapisserie sur les murs, la nappe en pied-de-poule m'est restée collée sur la rétine. Mme Mialène me regarde comme le bon Dieu sur le point d'accomplir un miracle. C'est triste, je n'aimerais pas être à sa place, c'est une vraie gentille ça se voit, mais je n'aimerais pas être sa fille non plus, tu parles d'un enfer. Je me sens hyper stressée d'un coup, oppressée limite, la télé en bas et cette petite femme qui me scrute dans les moindres détails, peut-être que Lucas n'ouvrira jamais ou que s'il le fait ce sera pour m'agonir d'injures ou me faire sauter la tête. Alors j'essaie de me calmer et je fais les quelques pas qui me séparent de la porte, repousse le plateau, et frappe doucement.

"Lucas ?" Sa mère me fixe, les mains jointes, silencieuse ; elle n'a pas franchi la dernière marche, ce qui la rapetisse encore un peu plus.

"Madame Mialène, excusez-moi de vous demander ça, mais je pense qu'il serait préférable que vous me laissiez seule si je veux avoir une chance de parler avec votre fils", dis-je suffisamment fort pour être sûre que Lucas m'ait entendue à travers la porte. Alors elle s'exécute à regret, redescend les escaliers sans un mot. Je lui lance un merci sonore juste avant qu'elle ne disparaisse en guise d'indication à Lucas. Mais je ne peux pas lui donner entièrement tort, il y a une probabilité non négligeable pour que son fils soit étendu sur son lit, les veines ouvertes.

"Lucas ? C'est Mélanie. Je suis venue pour m'excuser. Et pour parler. J'ai besoin de parler avec toi. Tu veux bien ?" Ce ne sont pas vraiment les phrases que j'avais préparées, en vrai celles-ci sont sorties toutes seules, mais elles me semblent meilleures.

"Lucas ?"

IRÈNE ET MICHEL

"J'ai réussi à trouver une solution pour Mélanie."

Irène fait tourner son verre presque plein de gevrey-chambertin entre ses doigts, les jambes croisées, sa tête reposant sur son autre main. Le vin n'est pas très bon mais, par délicatesse, elle s'abstient de tout commentaire. Michel marque une pause avant de répondre.

"… Ah ! Très bien, très bien… Douée, cette petite…" Il vide son verre d'un trait et ne peut réprimer une légère grimace : le vin a trop vieilli, on sent clairement d'un côté le goût de l'alcool et de l'autre celui du jus de raisin. Michel a l'impression que le liquide tombe directement sur son foie. Il repense vaguement au prix exorbitant qu'il l'a payé chez le caviste du coin, mais la présence d'Irène reprend vite le dessus.

"Tu sais, Michel, mon Groupe va finir par se désengager de Juvénal. Malgré mes recommandations pour éviter de nouveaux cas Hernandez, cette histoire les a passablement refroidis ; la stratégie est en train de changer.

— Où veux-tu en venir, Irèniova ?"

Ce sobriquet surprend Irène, qui poursuit sans rien laisser paraître : "J'ai bien réfléchi à la suite des événements, et j'aimerais t'en parler." Irène vient s'asseoir dans le canapé à côté de Michel et lui prend la main, pose son regard au fond du sien. Il retient sa respiration, essaie de ne pas oublier qu'elle est en train de lui parler. Elle lui explique qu'il faudra encore six mois, peut-être un an, avant que l'affaire Hernandez ne soit plus de son ressort et que les avocats prennent définitivement le relais. Ce serait pour elle le moment idéal de quitter le Groupe pour prendre la présidence de Juvénal. Michel se redresse d'un coup, piqué au vif. Il la regarde intensément.

"Tu serais le directeur exécutif : à toi les grandes orientations, à moi la finance, à toi l'instinct, à moi la rigueur. Plus j'y pense, plus je me dis qu'on ferait un excellent binôme ! Qu'en dis-tu ? Il faudra trouver de nouveaux investisseurs pour remplacer les fonds du Groupe, mais j'en fais mon affaire. Il est temps de mettre à profit le réseau que j'ai tissé trente ans durant. Il va nous falloir retravailler notre image, rajeunir notre clientèle, élaguer nos services, et renouveler sérieusement notre offre. Mais je te fais entièrement confiance là-dessus. Tout ça représente toutefois une somme considérable, et j'ai bien peur que nous devions mettre la main au pot. Je suis prête à mettre le paquet, Michel, mais à condition que tu me suives sans réserve.

— Je dis banco !" s'écrie Michel, ravi par la perspective que lui propose Irène, et par le double sens de son exclamation. Au fur et à mesure qu'Irène développe sa vision, ça bouillonne sous le crâne de Michel, enfin quelqu'un qui le reconnaît à sa juste valeur, qui lui lâche la bride ! Il va pouvoir ruer dans les brancards, déployer sa nature animale si longtemps contenue, les catapultes, il les écrasera à coups de canon ! Paf ! Pichenette ! Les unes après les autres ! Sans pitié, des remords encore moins… Ça suffit ! Elle a raison, la bougresse ! Fini, la médiocrité ! Quarante ans qu'il compose, qu'il caresse dans le sens du poil, qu'il tient son énergie renfermée, ça commence presque à rancir… Michel, oh oui, l'entrepreneur inspiré, le visionnaire, mais pas toujours très carré, à surveiller du reste, hein, pas toujours l'écouter… Il va tous les défoncer ! À plat ventre ils viendront lui lécher les bottes ! Et après s'être brossé les dents encore ! Oubliez pas le fil dentaire, nom de Dieu ! Michel Alcen, le nœud algorithmique sociétal ! La matrice ! Incontournable ! Incroyable chasseur-cueilleur d'élite, le mec, un territoire immense, des prises à n'en plus finir, respecté par toutes les tribus, craint même ! Fini, de rendre des comptes ! Tous les week-ends il ira à Prague si ça lui chante, faire tourner des coqs et des apôtres !

"Michel, tu m'écoutes ? Ton idée de filialisation est excellente. Non seulement pour sécuriser financièrement la future holding et attirer les investisseurs, mais aussi pour nous-mêmes : ça nous permettra un beau matelas de stock-options, et tant pis pour les salaires les premières années. J'ai l'impression que ni toi ni moi ne sommes dans le besoin aujourd'hui. Je me trompe ?"

Michel a failli répondre que son seul besoin était qu'elle reprenne sa main et ne la lâche plus jamais, mais il s'est retenu à temps.

"Effectivement. Ce sera mieux comme ça.

— C'est beaucoup de travail, mais d'ici dix ans nous pourrons devenir actionnaires majoritaires. Je ne sais pas si tu vois ce que ça représente ! Ça veut dire qu'avec un peu de chance nous pourrons finir nos vieux jours dans le classement Forbes ! Je pourrai m'acheter une île dans l'océan Indien et tu pourras te payer une malterie en Écosse… Ou nous pourrions créer quelque chose ensemble, pourquoi pas. Qu'en dis-tu ?

— Alléluia ! Tu es la femme la plus brillante que j'ai jamais rencontrée !" Irène accepte volontiers le compliment en vidant son mauvais gevrey-chambertin avant de jeter son verre par-dessus son épaule, à la russe. Cela fait beaucoup rire Michel qui dans le fond est un grand joueur, alors à son tour il envoie valser son verre, et Irène applaudit quand il s'éclate sur le mur. Michel, fort de ces encouragements, se laisse aller à l'ivresse du moment, jette en l'air tout ce qu'il trouve, les coussins, les dossiers, il court dans le salon comme un adolescent pris d'une bouffée de légèreté, la bouteille elle-même finit par y passer, Irène hilare admire le spectacle, Michel imagine le futur nom de Juvénal, Hilmec Alcen Group n'est vraiment pas drôle, mais HA ! Inc., ça en jette ! Irène fait non de la tête et du doigt entre deux hoquets, tant pis une boîte de com' leur trouvera bien quelque chose, et tandis que Michel leur sert un whisky, il avale discrètement un comprimé de Lévitra car il sent que ce soir tout peut arriver, et Irène s'en aperçoit et trouve ça émouvant, elle est presque attendrie, ça faisait longtemps, Michel essaie de l'entraîner dans sa farandole, c'est vrai que le moment est agréable et touchant, joyeux, quelque chose au fond d'elle lui dit qu'elle pourrait se laisser aller.

Mais la voix se tait bien vite : elle file en prétextant une trop longue journée, non sans avoir baisé sur le pas de la porte la joue de son futur associé, celle qui n'avait eu droit à rien la première fois.

Michel, de nouveau seul, se résout à imaginer toutes les hypothèses absolvant Irène d'intentions dissimulées : chacune d'entre elles s'avère crédible, évidente même. Le règlement de l'affaire Hernandez doit être une priorité, pour être durables ses sentiments ne doivent pas être dévoilés trop vite, Michel est si imprévisible qu'il peut, parfois, effrayer. Il se jure qu'il sera plus prévenant la prochaine fois, avant d'ouvrir son ordinateur et de s'envoler gaiement pour un appartement lumineux de Staré Město, où l'attend l'autre Irèniova.

MÉLANIE

“Et derrière la machine à café, c’est les toilettes !” Étonnante, cette stagiaire, elle est enjouée même pour me présenter les gogues. Depuis que je suis dans les bureaux du Groupe, sa queue de cheval sautillante et son sourire permanent s’acharnent à m’insuffler cet esprit positif qui doit faire de mon nouveau lieu de travail une intarissable source d’épanouissement. J’essaie de dissimuler tant bien que mal ma fascination pour tant d’enthousiasme.

En arrivant ce matin, Cabret, le responsable des RH, m’a tout de suite confiée à cette fille qui je crois s’appelle Sybille. Elle ne m’a dit qu’après qu’elle était en stage. J’ai trouvé ça un petit peu vexant, même si en vrai m’indiquer l’emplacement de mon bureau, celui de la photocopieuse et la direction de la cantine ne requiert pas de compétences particulières. On monte en gamme lorsqu’elle m’explique devant l’écran, à côté duquel est posée une liasse de papiers, quelles données je dois rentrer dans quels tableaux ; à savoir le compte d’heures de deux cent cinquante salariés sur le mois écoulé. “Tu vois, ce n’est rien de compliqué !” Je vais bien me marrer. La péronnelle s’envole vers d’autres aventures et je commence la saisie. Je me rends vite compte que tout le personnel tourne autour de cinquante heures par semaine, j'espère qu'en tant que sous-stagiaire on ne m'en demandera pas autant.

Vient le moment fatal de la pause déjeuner au restaurant d'entreprise. Je m'assois avec mon plateau à une table de deux, ça me semble plus sage pour une première journée. J'ai à peine avalé la première bouchée de mon œuf mimosa que revoilà la stagiaire qui me demande la permission de s'asseoir face à moi. Bien sûr, bien sûr, comment refuser. Sybille – c'est bien ça – a travaillé dix ans au service analyses, elle est aujourd'hui en formation interne aux RH. Je ne sais pas si elle épluchait des bilans financiers ou si elle détaillait des situations géopolitiques, elle ne me laisse pas le temps de lui poser la question. Elle enchaîne les sujets de conversation sans interruption ni rapport entre eux, abandonnant au passage la moitié du contenu de ses assiettes. Elle a des yeux bleus très beaux qui me la faisaient trouver presque séduisante ce matin, mais maintenant que j'ai compris que je n'ai pas le droit à plus de trois mots d'affilée, le charme est rompu.

"… enfin bref, le chat ne s'est jamais remis et il a fallu le piquer. Tu connais Juvénal ?" Je sursaute sans bouger, je lui dis que oui, enfin pas précisément, j'en ai entendu parler quoi, je n'ai pas envie que d'autres qu'Irène soient au courant de mon passé chez Alcen.

"Non mais écoute c'est un peu abusé toutes les histoires qu'on leur fait en ce moment, moi tu vois je suis en premium chez eux et franchement c'est mortel, la dernière fois on a testé le yoga aquatique, le plane total, j'étais détendue pendant deux jours au moins, c'est malade l'inventivité qu'ils ont sur toutes les activités, juste amazing, au début j'y suis allée pour me maintenir en forme tu vois et maintenant j'y vais trois fois par semaine, bon je regarde mon appli juste avant d'y aller parce que je ne me souviens jamais si c'est pour de la méditation indienne, du coaching paraverbal ou de la boxe thaï, hi hi, je kiffe grave parce que moi la chirurgie esthétique ce n'est pas trop mon truc tu vois j'ai trop peur des piqûres, mais le reste c'est vraiment trop bien tu devrais essayer si tu veux je te parraine on fait des sorties en boîte des fois avec les autres premium." Je décline poliment et tandis qu'elle enchaîne sur la dernière collection d'une quelconque marque de fringues je me dis que Sybille doit souvent manger seule à la cantoche.

En retournant vers l'open space je tombe nez à nez avec Irène, entourée de trois quinquas en costumes sombres. Elle me salue chaleureusement sans m'embrasser, me présente à ses comparses comme nouvellement arrivée aux RH. Eux sont des avocats de chez Musset & Associés. Rasés de près, dents blanches, manucures irréprochables, leurs voix donnent tout de suite envie de leur faire confiance.

"Ils m'aident sur le dossier Hernandez", me glisse Irène avec un air complice. Le plus petit me demande : "Alors comme ça vous travaillez à la direction du personnel, avec ce cher Descamps ?" À vrai dire je n'ai vu le numéro trois du groupe qu'en photo sur l'organigramme, et je ne le rencontrerai probablement jamais. J'arrive à bafouiller péniblement quelque chose qui fait comprendre que je ne suis qu'une petite main. Ils hochent la tête courtoisement sans prononcer un mot, attendant que j'ajoute quelque chose pour contrebalancer cette position sociale humiliante. Mais je n'ai pas hyper envie de rentrer dans les détails, et puis je ne vois pas trop comment mieux me valoriser. Heureusement qu'Irène réagit au silence gênant qui s'installe en les invitant à aller déjeuner : je peux poursuivre ma route, tête baissée, en entendant leurs rires s'éloigner.

LUCAS

Maman,

Je peux plus continuer.

J'ai plus envie.

Et puis c'est une impasse. C'est clair que je suis pas fait pour ce monde, et inversement.

Je pensais qu'avec Juvénal ça pouvait marcher, et Mélanie m'a beaucoup aidé, c'est vrai, finalement c'est une fille bien, mais en fait elle peut pas grand-chose pour moi. Franchement, c'est pas allé bien loin cette histoire, on va pas se mentir. En fait, je vais jamais trouver un vrai boulot, c'est mort.

Alors bon, je vais rester ici dans ma chambre ? Avec le daron, là en bas ? Il est vraiment trop con, tu sais… bref. Un jour, je vais le tuer, ou alors ce sera l'inverse. Super. Moi, j'aurais bien voulu finir la fac et trouver un boulot honnête, t'aurais été un minimum tranquille, et puis moi aussi. Mais ça s'est pas vraiment passé comme ça, je vais pas te faire un dessin, et maintenant c'est trop tard. Je veux bien reconnaître que j'ai peut-être pas tout bien fait, mais payer ce prix-là, c'est injuste.

En attendant je sers à rien. Si j'existais pas ça changerait rien du tout, à part pour moi. Je suis inutile, le daron a raison (même s'il est vraiment trop con). Quand je pense à tous ces débiles qui s'en sortent… Je le vois bien sur Facebook. Mais faut que tu comprennes un truc : j'ai pas envie de finir comme eux. Franchement je vais pas aller chez le coiffeur et puis acheter une chemise et puis aller dire que chef de rayon je trouve que c'est super alors qu'en fait je trouve que c'est horrible. Au lieu d'être enfermé dans ma chambre je serais enfermé dans un rayon. Trop bien. Je veux bien faire des efforts, et j'en fais, mais quand je pense à ça c'est plus fort que moi j'ai envie de me jeter dans la Seine direct, c'est physique, c'est comme si je me vidais de l'intérieur, comme s'il me restait plus que le vide de l'angoisse. En fait chef de rayon je pourrais, mais je peux pas.

Hier ça a fait sept ans. C'était le jour pile j'ai recompté. Sept ans, comme Blanche Neige ou la Belle au bois dormant, je sais plus trop. En sept ans je suis vraiment sorti qu'une seule vraie fois et j'ai été humilié. Ça devient une habitude. Même les gens dans le RER *me regardaient bizarrement, il y en a qui ont rigolé.*

C'est plus possible, ça.

Je vais partir, c'est la seule chose qu'il me reste à faire.

Ça va peut-être être un peu dur pour toi, mais faut pas te prendre la tête : t'as fait tout ce qu'une mère doit faire, moi j'aurais pas pu. Excuse-moi quand même, dans l'absolu j'aurais préféré pas être un boulet pour toi, que tout aille bien mais bon, c'est pas comme ça que ça marche.

Donc voilà : j'en ai marre de pédaler dans la semoule, alors je saute dans le vide. Advienne que pourra.

Au revoir maman,

Lucas

Lucas relit sa lettre une quatrième fois, il trouve que le dernier paragraphe est trop pompeux mais il ne trouve pas d'autre formulation. Tant pis, il y réfléchira plus tard. Il finit par placer la lettre dans la vieille enveloppe rouge qui traîne sur son bureau, et l'abandonne au milieu des bibelots.

Puis il se détourne brusquement vers le plateau-repas. Il a fini par les reprendre, au bout d'un moment l'appétit l'a emporté. Il s'envoie prestement le yaourt à l'abricot et pose la canette de Sprite avec les autres. Sur son téléphone un message annonce dans Telegram : "Je suis là dans dix minutes." Sur l'écran, une notification clignote.

Il a pris des jours pour faire des recherches, trouver les forums adéquats, mettre en place les dispositifs techniques adaptés, et se faire un contact sérieux. Viktor862 lui a tout de suite inspiré confiance, il a l'air de connaître son affaire. Sur l'écran le message indique :

— Remember Luke, errare humanum est.
— What does that mean, Viktor?
— Digital tech can't do everything.
— Human door?...
— Anyhow, this file must enter the system.

L'échange s'arrête sur cette mystérieuse pièce jointe que Viktor vient d'envoyer à Lucas. Au pied de son lit, son sac à dos bourré de fringues et de canettes de Sprite, duvet accroché aux bretelles, avec encore assez de place pour y rentrer son ordinateur, attend patiemment son heure.

LUCAS, MÉLANIE

"C'est pas trop chiant de venir à Melun en pleine nuit ?

— Si, mais c'est marrant."

Mélanie et Lucas marchent côte à côte autour du pâté de maisons parental, dans le sens des aiguilles d'une montre, comme d'habitude, les mains dans les poches. Ils font la moitié d'un tour en silence avant que Lucas ne le rompe :

"Je crois que j'ai trouvé un type.

— Je t'ai amené la liste.

— En fait il veut qu'on installe un fichier dans le système du Groupe.

— Tu verras, il y a les coordonnées bancaires en face de tous les noms.

— Pas vraiment un virus, plutôt un cheval de Troie à mon avis."

Ils achèvent le premier tour, entament le deuxième, en général ils en font trois mais ce soir-là ce sera peut-être quatre ou cinq, ils marchent plus vite que d'habitude, se servent davantage de leurs mains quand ils parlent.

"Je devrais mettre un fichier directement sur un poste ? En vrai je bosse là-bas depuis pas très longtemps, faut que je sois discrète quand même.

— Il s'agit plutôt de lui préparer le terrain, de l'aider à se faire passer pour quelqu'un du Groupe par exemple…

— Comme si c'était un salarié ? Bon, juste explique-moi comment tu vois les choses, je ne suis pas sûre de tout comprendre au plan, tu sais." Mélanie est soudainement saisie d'un doute :

"Lucas, tu es sûr de vouloir faire ça ?

— De quoi ?

— Ben… Je veux dire, donner un coup de pied dans la fourmilière, quoi.

— Ah… Oui, je crois même que y a pas meilleure idée.

— Rassure-moi, tu prends toutes les précautions ?

— Non, oui c'est bon, là à mon avis ça le fait largement."

Mélanie l'interroge des yeux, longuement. Chacun observe l'autre sous sa capuche sombre.

"En fait j'utilise un VPN pour chiffrer le contenu de ma navigation mais je double avec Tor pour anonymiser mon IP et neutraliser toute tentative du fournisseur de VPN et accessoirement rajouter trois couches de cryptage supplémentaires et du coup avec le fameux routage en oignon ça devient difficile de remonter jusqu'à Melun et puis je te parle pas du cryptage de nos échanges à proprement parler avec le type hein mais pour finir je fais tourner mon ordi avec une clef live sous Debian pour éviter toute trace sur mon disque dur alors du coup normalement ça va. C'est pas parfait mais ça coûte déjà beaucoup de temps et de pognon de craquer tout ça alors n'importe qui peut pas.

— Mais la clef ?

— Elle est chiffrée.

— Non mais je veux dire si quelqu'un tombe dessus ?

— Ah… T'inquiète, je la planque dans un cosmos perso pas trop loin de mon bureau.

— OK, OK…

— Et puis je cloisonne le mec et moi de tout le reste, tu sais comme dans la Résistance et d'ailleurs je l'ai testé lui et sa bande avec une petite attaque pas bien méchante et ça va ils ont réagi direct.

— Mais… Tu… Tu faisais ça avant ?

— Bah non, pas vraiment. Mais là j'ai que ça à foutre, et surtout j'ai un but. Et je trouve ça plus marrant que le fitness. Ça me fait vachement penser. Après pour les précautions techniques, comme dirait mon contact c'est toujours les gens la brèche, et peut-être bien que c'est de ce côté que tu devrais chercher pour le cheval de Troie dans le Groupe. Je dis ça…

— Une faille humaine… J'ai bien une candidate, maintenant que tu le dis. Un amour d'enthousiasme. Peut-être que… Si… Mettons que j'arrive à mettre le fichier sur un ordi, qu'est-ce qu'il se passe après ?"

Alors Lucas lui réexplique patiemment, en prenant soin de se taire avant chaque angle du pâté de maisons, de lui détailler étape par étape les tenants et les aboutissants de leur jeu à trois. Petit à petit, ça finit par rentrer. Ils restent silencieux quelques pas, chacun concentré dans ses projections, leurs foulées étonnamment synchrones, lorsque Lucas, plus soucieux et grave ce soir-là, ajoute sans transition :

"Par contre j'ai bien réfléchi, je crois que ton plan plein air m'intéresse bien.

— Pas de problème, je te filerai toutes les infos, tu verras comme je t'ai dit c'est super simple. Je ferai en sorte que tout soit prêt au bon moment, tu peux compter sur moi."

Ils finissent par s'arrêter entre deux réverbères, là où c'est le plus sombre, rapprochent leurs corps, leurs épaules se touchent, ils sortent lentement les mains de leurs poches et échangent discrètement un objet qui tient dans leurs paumes. De loin ça ressemble à un bout de shit mais il s'agit probablement d'autre chose. Ils finissent leur tour et Mélanie saisit l'épaule de Lucas pour qu'ils se retrouvent face à face, laisse sa main sur cette épaule docile, lui dit quelques mots qu'on n'entend pas avant de prendre la direction de la gare. Lucas reste quelques instants immobile en la regardant disparaître au coin de la rue, il remue les lèvres sans parler, jette un coup d'œil aux alentours, puis s'en retourne vers le portillon familier dans la lumière orangée de la nuit.

MÉLANIE

La réunion touche à sa fin. Depuis un mois, Mélanie tâche de comprendre les ressorts du Groupe, ses branches d'activités, les enjeux affichés et ceux qu'il faut savoir décoder. Avec Cabret, ils achèvent d'établir le planning des entretiens professionnels, ça lui permet au moins d'apprendre à mieux connaître les effectifs du Groupe. Il ne leur reste que le service comptabilité à traiter, presque uniquement des femmes, alors que la direction financière est majoritairement masculine, mais ce n'est pas avec Cabret que Mélanie va pouvoir parler féminisme.

Le responsable des RH énumère les noms et les créneaux tandis que Mélanie vérifie sur l'agenda de leur intranet que les employés ne sont pas en déplacement ou en réunion. "C'est très bien les entretiens professionnels, mais si on ne se méfie pas on peut vite perdre des centaines d'heures !" s'exclame Cabret, laissant éclater au milieu de sa figure pâle ceinte de cheveux très noirs un sourire jovial. Comme à chaque fois qu'il ouvre la bouche, une odeur de vieille cave tirant sur le roquefort se dégage, mais Mélanie acquiesce par un sourire comme si de rien n'était. Un sourire pas trop marqué non plus, car malgré ses vingt ans de plus et sa vie de famille bien rangée, il n'hésite pas à lui faire régulièrement du gringue. Elle se contente de fixer son ordinateur et rentre patiemment les noms dans le tableur. La lourdeur de Cabret et l'insignifiance des opérations qu'elle effectue ne l'atteignent pas vraiment : elle s'astreint depuis le début à une forme de détachement vis-à-vis de tout ce qui l'entoure, en restant concentrée sur les tâches qui lui sont assignées, et sur celles qu'elle a derrière la tête. Plusieurs fois, pendant la pause déjeuner surtout, elle n'a pu s'empêcher d'éprouver de la pitié pour ses collègues qui semblent résister à la haine et à la dépression toute leur vie jusqu'à s'enterrer vivants dans une monotonie stérile. Elle a aussi pensé que se considérer comme radicalement différente d'eux était un moyen assez sûr de finir par leur ressembler tout à fait.

À 19 heures, Cabret clôt la réunion avec grandiloquence et la libère pour le week-end. Mélanie le remercie tout en lui indiquant qu'elle va rester encore un peu étudier l'organigramme du Groupe. Cabret gratifie son zèle d'un autre sourire admiratif, bien qu'il soit un peu déçu : il espérait l'inviter à boire un verre, un afterwork strictement professionnel bien sûr, mais il n'insiste pas.

Elle retourne à son poste dans l'open space des RH. Il n'y a plus personne à part Sybille, la stagiaire aussi pipelette que zélée, qui fait des heures supplémentaires comme tous les soirs, comme l'avait prévu Mélanie. En attendant, elle se plonge dans l'historique du Groupe, relit les dernières notes réglementaires, potasse avec effort les plans de formation. Elle n'y comprend pas grand-chose, mais elle se doit de pouvoir *a minima* donner le change.

Peu avant 20 heures, Sybille se renverse dans son fauteuil dans un grand soupir, rassemble ses affaires et décampe dans un “Bon week-end !” retentissant. Seuls la clim et le bourdonnement imperceptible des ordinateurs en veille règnent sur l’open space. L’odeur de la poussière chaude reprend le dessus sur celle de la transpiration et des parfums. Les quelques plantes vertes regardent ailleurs.

Mélanie sort alors discrètement de son sac une clef USB qu’elle branche sur sa tour. Le bourdonnement ambiant la pénètre profondément, jusqu’à devenir un état intérieur proche de la torpeur.

Elle commence par copier le calendrier prévisionnel des entretiens, le renomme *Dandinette*.

Elle explore les dossiers des RH, tombe rapidement sur les fiches de renseignements des employés. Tous les employés. Leurs noms, adresses, dates de naissance, numéros de téléphone, de sécu, mails. En zéro virgule huit secondes le fichier est sur la clef et hérite d’un nouveau nom, *Ardillon*. Ça offre de belles perspectives au dark contact de Lucas.

Elle se lève alors calmement et s’assoit au poste toujours en veille de sa collègue fraîchement partie. Des lettres multicolores formant le prénom de Sybille rebondissent en rythme sur l’écran. Salut Sybille. Sybille Alibert, donc. Aucun autre code qu’un mouvement de souris n’est demandé pour le rallumer. Il y a une photo d’elle sur une plage avec un type à gourmette en fond d’écran, mais Mélanie ne s’attarde pas. Outlook est ouvert : il ne lui faut pas plus de quelques secondes pour noter le mot de passe de la boîte mail sur un post-it, qu’elle glisse dans sa poche.

Elle retourne aussitôt s’asseoir à son poste. Le bourdonnement est lancinant, mais ça l’aide à rester concentrée. Elle ouvre un document type du Groupe et commence à rédiger un mail à l'attention d'un certain Jouve, qui occupe un poste important à la direction financière, et dont Cabret lui a dit qu'il passait la plupart de ses week-ends à son bureau. Un ambitieux, selon lui, et antipathique par-dessus le marché : le client idéal. Elle lui parle du planning des entretiens, qu'il trouvera en pièce jointe. Signé : Sybille Alibert.

Mélanie n'envoie pas le mail à Jouve. Elle renomme juste son fichier *Palangrotte*, le copie sur la clef qu'elle retire de la tour, et fourre la clef dans son sac. Elle l'apportera à Lucas cette nuit.

Le bourdonnement s'accroît.

Il ne lui reste plus qu'à écrire un courrier pour Sybille depuis une adresse fictive, rodrigo758@hotmail.fr, un mail assez malicieux il faut le dire, charmant même, plein de promesses, qui sent la gourmette mais pas trop, avant de répondre elle-même depuis l'adresse de Sybille : "C'est d'accord pour ce week-end, Rodrigo", avec un smiley, celui avec le clin d'œil et le cœur qui s'envole au coin de la bouche.

Désolée, Sybille.

IRÈNE ET MICHEL

Il est encore tôt, ce matin, mais le soleil brille déjà dans le ciel parisien lorsque Michel se fait déposer devant l'immeuble du Groupe. Il n'a pas vraiment compris le sens du texto d'Irène, si ce n'est qu'il devait rappliquer fissa. Il a fallu qu'il en reçoive un second du même tonneau pour se mettre en mouvement : il n'a pas fermé l'œil de la nuit, la faute à son foie, et ses nerfs sont à vif. Dans le hall, un nouveau gardien l'arrête avant qu'il ne s'engage dans le couloir : "Bonjour, monsieur, je suis désolé mais je vais devoir contrôler vos papiers d'identité, ce sont les nouvelles directives." Michel le dévisage sans mot dire, hésite un instant à lui envoyer une volée de bois vert, voire à le tabasser sauvagement, mais il finit par lui tendre son passeport en serrant les dents. En se dirigeant vers le bureau d'Irène, il croise Mélanie qui répond à peine à son salut. Cette journée commence décidément bien mal, et tout lui indique qu'elle va être désagréable de bout en bout.

Une activité inhabituelle règne à l'étage de la direction. Dans son bureau, Irène a les traits tirés et ne prend pas la peine de l'accueillir. Elle énumère rapidement à deux types serviles des ordres auxquels Michel ne comprend rien : il s'agit d'exhumer des liasses fiscales, de verrouiller des back-offices ou de geler l'ERP. Lui se contente de s'installer dans un fauteuil confortable le long du mur et de la contempler : elle manœuvre son corps et module sa voix comme un capitaine haranguant son équipage, distribue ses directives avec précision et sans fioritures, suit une logique dont elle est la seule à connaître les clefs. Bien qu'il ait surtout envie d'eau gazeuse, que les autres s'en aillent et qu'on lui explique éventuellement la situation, il ne peut s'empêcher de la trouver fascinante dans son rôle d'executive woman.

Les deux employés en sueur quittent le bureau précipitamment, Irène referme la porte derrière eux et prend appui sur ses poings serrés en fixant Michel. Il sourit benoîtement, se délectant avec gourmandise d'être l'unique objet de son attention. Elle se décide enfin à l'affranchir des événements de la nuit : une bonne partie des données du Groupe a été cryptée, principalement les données financières. Aucune rançon n'a été réclamée comme dans les cas classiques de piratage, mais il semblerait que d'importants mouvements de fond aient eu lieu. La direction financière est sur le pont pour bloquer toute nouvelle transaction, mais avec l'architecture complexe du Groupe et son internationalisation, cela devrait prendre plusieurs heures encore. D'après les premières analyses, le virus a été introduit depuis un poste interne, on est en train d'analyser lequel, et viendrait de Russie.

Michel boit ses paroles, l'élocution d'Irène est d'une limpidité sublime, son charisme fait office d'atmosphère et son regard, au-dessus de cette mâchoire ferme, son regard dense et profond lui parle tchèque. Ou russe ? Un cryptage… Piratage !

Michel sort violemment de sa léthargie : “Une taupe dans le Groupe ?! Le KGB ?” Il bondit d’un coup hors de son fauteuil. “Putain de Ruskofs !” Irène ne peut s’empêcher de lever les yeux au ciel, avant de prendre une profonde inspiration pour garder son calme.

“Non, Michel, les services secrets exploitent des données, ce sont plutôt les groupes criminels qui extorquent de l’argent. Mais ce qui est curieux, c’est que ce sont précisément les lignes de financement de Juvénal qui semblent avoir été visées. On est en train de vérifier si ce n’est que pur hasard, mais ça m’étonnerait. Et le DG est du même avis que moi : il m’a réveillée, furax, limite insultant, au beau milieu de la nuit, pour me demander ce que je foutais avec mon Juvénal à la con. Question intéressante, n’est-ce pas ? C’est pas bon, Michel, on parle de grosses sommes !” Irène fait tourner vers lui l’écran de son ordinateur : une machine à sous multicolore n’en finit plus de tourner sur elle-même en agitant son bras unique et en vomissant des tonnes de dollars.

“Une idée de ce qu’il se passe, Michel ?

— Attends, attends, Irène, je ne suis pas sûr de bien comprendre… Tu es en train de me dire, si je résume, que le Groupe et son armée d’auditeurs, de contrôleurs de gestion et d’analystes financiers, grands experts à la rigueur irréprochable, qui me cassent les burnes depuis des années en me parlant de garanties et de règles comptables dès qu’il s’agit de me lâcher trois sous, plus tatillons et protocolaires que des fonctionnaires nord-coréens, se sont fait couillonner comme des bleus par des petites frappes de Trifouillis-sur-le-Don, ce qui a pour conséquence manifeste, arrête-moi si je me trompe, le fait que tout notre fric soit en train d'être pompé en masse vers un trou noir de l'autre côté du Mur ?

— Mais traite-moi d'incompétente, pendant que tu y es ! Ça fait des mois et des mois que je me décarcasse pour ta petite affaire sans rien te demander, que je passe mes journées à réparer tes conneries, que je sacrifie mes nuits pour ton projet de restructuration et au passage notre futur à tous les deux, et tu oses me faire des récriminations ?! Cent cinquante ans que cette boîte existe, et jamais aucun problème jusqu'à… Juvénal ! Si ma carrière saute, nous serons deux à plonger, crois-moi !

— Irèniova…" Michel ne peut réprimer un mouvement de recul lorsqu'elle assène un grand coup de poing sur la table.

"Tais-toi, Michel, tais-toi ! Je t'en prie ! On est tous en première ligne et toi, toi, limite si tu réponds à mes messages ? Pour te pointer trois heures plus tard ? Tu as pensé aux croissants, dis ? Non ? Tu préfères pleurnicher ? Alors tais-toi et écoute-moi ! Primo, tu appelles sur-le-champ ton directeur financier ! Qu'il se démerde pour bloquer tout mouvement de votre côté ! Secundo, tu rappelles l'ESN qui gère votre système informatique : qu'ils rappliquent ici, et en vitesse ! Tertio, tu files à l'étage du dessus faire ta déposition auprès des enquêteurs, et sans rechigner !

— On ne va pas se laisser faire, Irène, crois-moi ! Recours ! Procédures ! Pas question de lâcher ne serait-ce qu'un centime ! Un demi même ! Contentieux ! Banques, assurances, on s'en fout ! Avocats au cul ! Par meutes entières ! Bataille acharnée ! Notre pognon, le grisbi ? L'oublier ? Malterie, Seychelles :

adieu ? Sûrement pas ! Jamais de la vie ! Foi de Michel ! Je vais t'en faire voler des têtes, moi ! Zouing ! Coups de sabre ! Droite, gauche, coup droit ! Revers… Feu d'artifice ! Plus qu'à savoir sur quels cous elles sont plantées… Ou pas ! Dieu reconnaîtra les siens ! Au diable ! Pas de quartier ! C'est pas aux vieux singes ! Ni de la dernière pluie ! Encore moins les perdreaux ! On ne s'en prend pas au territoire du plus grand chasseur-cueilleur de tous les temps impunément, qu'est-ce qu'ils croient ? Bien sûrs d'eux, les gaillards ! Trop tard pour les regrets ! Ah, ils ont voulu jouer ? Très bien, Irène, très bien ! On ira jusqu'au bout de la partie alors ! Attention : un seul gagnant ! Pas d'ex æquo mes couilles ! *Vae victis !* Hasta la mueeerrte !"

On dirait que Michel, figé les bras en l'air et les yeux exorbités, la bave au coin des lèvres, rougi par la rage, le front perlant, attend des applaudissements. Au lieu de quoi Irène, quelque peu effrayée d'être au contact des profondeurs de Michel qui font subitement surface, lui répond :

"Du calme, voyons. Ce n'est pas d'un sabre que nous avons besoin, mais de stopper l'hémorragie au plus vite, de sécuriser ce qu'il reste à sauver, et surtout de garder la tête froide. Les enquêteurs sont dans la salle de réunion numéro 10." Michel laisse retomber ses bras, frustré par le manque d'enthousiasme du public, et se dirige lentement vers la porte du bureau. Avant de la franchir tout à fait, il se risque : "Est-ce que tu voudrais passer chez moi ce soir ?

— Je doute que la situation ne m'en laisse le loisir." Il lui jette un long regard, mélange d'observation attentive, d'intimité dense, marqué par l'irruption puissante de l'étrangeté, comme s'il la connaissait depuis toujours et comme s'il venait de la rencontrer, ou comme s'il craignait de ne plus la revoir, saisissant les premières bribes d'une nostalgie qui n'en finira plus de l'habiter. Irène, quant à elle, doit dissimuler son impatience de le voir quitter la pièce. Michel finit par tourner les talons et franchir le seuil de la porte, en silence. Il n'ira certainement pas déposer quoi que ce soit auprès de ces branlicots de l'Anssi : son avocat l'a appelé tôt ce matin pour le prévenir de sa convocation chez le juge dans l'affaire Hernandez. Sa mise en examen est plus que probable, *a priori* pour abus de faiblesse, mais l'homicide involontaire n'est pas exclu : assez de flicaille pour aujourd'hui.

En traversant les locaux du Groupe, Michel déroule sa démarche ample et mesurée, les mâchoires serrées. L'étage de la direction fourmille de cadres dégoulinants de sueur, bouches ouvertes, marchant le plus vite possible sans toutefois courir, toujours au moins un talon posé au sol comme aux Jeux olympiques, démarche qui déforme les jambes de leurs costumes pourtant bien taillés en manches à air frénétiques. Dans un coin les trois avocats de Musset & Associés tournent indéfiniment sur eux-mêmes en regardant leurs souliers, les mains croisées sur leurs serviettes. Ils attendent qu'on leur dise enfin de déguerpir. Ce n'est pas sur Cabret qu'il faut compter, il est trop occupé à sautiller autour de Descamps, tantôt devant, tantôt derrière, sur les côtés, en orbite instable, il l'assaille de questions, de suggestions, saute sur ses pattes arrière, il le frôle, trop près… Ça se finit carrément en croc-en-jambe, Descamps par réflexe s'accroche à la chemise de Cabret pour se rattraper, mais il ne fait que l'entraîner dans sa chute et les deux corps heurtent bientôt le béton froid dans un son mat. À l'étage inférieur, une secrétaire en pleurs se console dans les bras d'un yucca en pot, épaules et feuilles tremblotent ensemble, soudées par le malheur. Dans le vaste patio d'entrée, les vigiles contrôlent des policiers en civil qui se laissent faire, on fouille les téléphones des femmes de ménage avec des tournevis. Deux types en costume-cravate sont en train de démonter un tableau électrique pour une raison qui semble précise derrière la standardiste qui vient de couper les fils du téléphone aux ciseaux, puisqu'on n'a plus le droit de répondre. Un livreur se risque : “Les deux cents congélateurs, c'est pour ici ?”, tandis que Sybille rédige, à l'abri d'un présentoir, pleine d'espoir, le teint rosi par l'émotion, indifférente à l'ambiance environnante, transportée par des sentiments puissants et profonds, une réponse sucrée à cet intrigant Rodrigo.

Michel, tel un lion au milieu des gnous et des antilopes qui s'agitent inutilement, décroche son téléphone dès qu'il met un pied dehors :

“Mon cher André, tu as le temps pour un café à la pizzéria ?”

MÉLANIE ET LUCAS

Comme convenu, Lucas l'attend sur le trottoir d'une rue éloignée de la gare de Melun. Mélanie freine et le fait monter dans la voiture empruntée à Leïla. Le jour ne s'est pas encore levé, ils s'agglutinent bientôt dans le flot carrossé de travailleurs qui roulent vers Paris.

Ils restent un long moment sans parler, comme souvent ces dernières semaines. Il leur faut du temps pour s'habituer à la présence de l'autre, pour faire tomber une à une les barrières de la dissimulation jusqu'à basculer dans une confiance sereine. Enfin, c'est surtout vrai pour Mélanie, au cours de son existence Lucas n'a que rarement pris la parole en premier.

"Tu n'as pas été suivi ?

— Bah non, par qui veux-tu que je sois suivi ? Dans un mois ma mère posera toujours des plateaux devant ma porte.

— D'acc. Bon, ton train part à 7 h 14. Tu descends à Nîmes, et tu cherches la gare routière. Là tu prends le 112, direction Saint-Jean-du-Gard. Tu devrais y être vers midi. Après, faut finir en stop : tiens, tout est marqué là." Mélanie sort de sa poche arrière une feuille A4 manuscrite que Lucas fourre aussitôt dans la sienne.

“Ça va aller ?
— Oui, je préviendrai ma mère que tout va bien, mais je gérerai ça plus tard.
— Non mais je veux dire pour le trajet ?
— Ah oui, non mais ça m’a pas l’air bien compliqué.”
Le silence se réinstalle dans l’habitacle tandis que le trafic se densifie et que les premiers ralentissements apparaissent. Mais Mélanie n’y tient bientôt plus :
“Si t’avais pu voir le bordel que c’était au Groupe… Le chaos total ! Une basse-cour remplie de poules qui courent sans tête ! Les flics, les cadres, les employés, tous au bord de l’apoplexie ! Ils faisaient tous n’importe quoi, c’était trop drôle ! Il y a même deux mecs qui se sont électrocutés en voulant couper les connexions internet !
— Oh putain, y sont morts ?
— Mais non t’inquiète, ils se sont juste pris une bonne châtaigne, la standardiste a hurlé, et l’immeuble s’est retrouvé dans le noir pendant quelques heures. Il a fallu que j’aille m’enfermer dans les toilettes pour me marrer un bon coup, j’avais mal aux joues à force de me retenir !” Lucas la regarde avec curiosité, il n’est pas habitué à être aussi proche d’une manifestation de joie.
“On les a bien eus.
— Ça, on peut le dire ! Comment on les a explosés !” Et Mélanie de klaxonner comme une folle sur l’A5, hilare, insouciante, et avec un insondable sentiment de puissance. Lucas ne la quitte pas des yeux, il la dévisage en détail bien qu’il connaisse déjà bien ses traits : il est maintenant fasciné par le souffle qui les anime, hypnotisé par cette vivacité dont il se sent incapable.

Tout s'est déroulé comme ils l'avaient imaginé. Mélanie a dû se concentrer intensément pour n'oublier aucune des étapes prévues : d'abord copier le planning prévisionnel pour y insérer discrètement le programme de chiffrement. C'est Viktor qui s'en est finalement chargé, ça semblait plus sage. Mélanie a mis du temps à comprendre l'artifice, mais l'image du cheval de Troie est plutôt bonne. Ensuite siphonner toutes les données personnelles des employés du Groupe, que le hacker a déjà revendues sur le darknet en guise d'acompte numérique. Ce n'est pas intuitif comme ça, de se dire qu'un prénom associé à un nom et à un numéro de sécu ça vaut de l'argent, mais elle a fini par s'y faire. Enfin l'adresse mail et le mot de passe de Sybille, dont Viktor a pu se servir pour écrire à Jouve incognito : se faire passer pour quelqu'un d'autre depuis sa boîte, ça, elle a tout de suite compris. Et puis la fausse ritournelle de Rodrigo pour orienter les soupçons, c'était carrément son idée. Mélanie a apporté la clef USB à Lucas avec dessus le planning, les données, l'adresse, le mot de passe et le mail, aussitôt transférés à Viktor pour qu'il puisse engrener la machine.

Le lendemain, Jouve a ouvert la pièce jointe sans se méfier, enclenchant le processus irrémédiable : patiemment, discrètement, le programme de Viktor a infecté tous les postes et tous les serveurs du Groupe jusqu'au dernier. Il avait désormais des yeux, des oreilles, et un grand filet.

Grâce à ses nouveaux sens et aux indications de Mélanie, il a pu rapidement identifier les protocoles de paiement utilisés par le Groupe. Si bien que le week-end suivant, dans la nuit, une nuit à quatorze tours de pâté de maisons, les ordres de virement et leurs validations se sont exécutés méthodiquement, les uns après les autres, vers des comptes offshore disséminés tout autour de la planète. Une fois l'argent intégralement transféré, le processus de cryptage, puissant, exhaustif et aveugle, s'est abattu sur tous les terminaux du Groupe.

"Et tu as des nouvelles pour les virements de ma liste ?

— Oui, ça y est ils ont tous été faits. Le gars m'a transmis pas mal de remerciements, mais je les ai tous effacés.

— Ah… Et tu te rappelles qui c'était ?

— Il y avait des gens de Dure ou quelque chose comme ça… Et puis d'autres de Souza qui ont écrit en italien, d'autres encore de Bretagne… Et puis aussi de Grèce, de Madrid, Berlin et puis Hong Kong… Euh… Alger… Euh… Istanbul, Santiago… Des gens dans un Center Park aussi. Bref, beaucoup de messages.

— Yes ! Ça a marché jusqu'au bout !

— Par contre il a pas voulu pour Minsk." Mais Mélanie ne semble pas l'avoir entendu, avec le klaxon c'est carrément les warnings qui font la fête maintenant, et la bagnole qui fait du hula hoop.

La liste que Mélanie avait élaborée comptait un peu moins de deux cents noms de syndicats, squats, associations, collectifs de lutte, caisses de soutien, réseaux d'entraides, usines autogérées, ZAD, centres sociaux anarchistes et autres imprimeries libertaires, tout ce que le pays, le continent et au-delà compte de forces collectives agissant contre le capitalisme financier sclérosant, autoritaire et prédateur. Prendre à ceux qui compartimentent pour donner à ceux qui créent du lien lui avait paru tout de suite évident.

“Il m’a aussi précisé le montant total de ce qu’ils avaient réussi à détourner.” D’un coup les voitures freinent devant eux, et il s’en faut de peu pour que Mélanie n’emboutisse celle qui les précède, une fourgonnette aux vitres teintées. En l’espace d’un instant, elle voit les portes arrière s’ouvrir, vomir des ninjas en kevlar, fusils d’assaut à la main, projecteurs braqués sur leurs tronches, cagoules de mafieux menaçants beuglant des ordres autoritaires, mais en fait non : ils roulent simplement au pas, au milieu des milliers d’autres automobilistes plus ou moins excédés par les embouteillages matinaux en formation.

“Tu disais ?

— Cinq cent quarante-cinq millions virgule quelque chose.” Mélanie doit cette fois s’arrêter pour de bon sur la bande d’arrêt d’urgence afin de laisser son exultation s’exprimer. Pas longtemps, non, il s’agit tout de même de rester prudents, juste le temps de faire la roue et quelques entrechats, de hurler plus fort que les moteurs, de claquer le capot jusqu’à s’en cuire la paume, de monter sur le toit et d’entamer un haka, et ils reprennent la route comme si de rien n’était.

Arrivés gare de Lyon, Mélanie se gare avant les caméras du parvis, et coupe son moteur. Elle prend les mains de Lucas dans les siennes, se tourne vers lui et le regarde droit dans les yeux : “T’as assuré, Lucas, je suis hyper fière de nous.” Lucas a les tempes qui bourdonnent, la salive qui se libère, il est hypnotisé par son regard, la chaleur de ses mains, le bas de son oreille qui n’a jamais été aussi proche, et la force de vie qui anime ce corps si désirable.

“Allez, file, tu vas louper ton train.”

MICHEL

André écoute attentivement le récit de Michel, qui ne s'interrompt que pour laper son expresso trop chaud. Il n'y a personne d'autre dans la pizzeria, seul le cuisinier s'active à l'arrière-boutique.

"Bref, je suis en train de me faire baiser jusqu'à l'os ! Jusqu'à la moelle même ! Et si ça continue, je vais finir par me retrouver à poil sur mon paillasson… Comme un clébard ! Je vais pas rester assis les bras croisés à les regarder me plumer, tu m'entends ?

— Et quel est ton plan ?

— Je vais les trouver, et je vais les bouffer. Tout crus !

— Tout seul ? Ça me semble bien compliqué, Michel… Mais je peux peut-être t'aider. Tu sais que j'ai une équipe à la Sofrati chargée de mener à bien ce genre de mission en toute discrétion. Ils sont assez forts techniquement, et nous avons à notre disposition tout un réseau de gens et de petits matériels bien placés.

— Ce serait merveilleux, André ! Vraiment… Mon vieil André !

— J'ai de plus quelques relations personnelles au ministère, qui pourraient se révéler bien utiles. Donne-moi tout ce que tu as, et laisse-moi m'occuper du reste : je te tiendrai informé en temps réel.

— Je ne sais pas comment te remercier !

— Je t'en prie, pas de ça entre nous. Il est hors de question que l'on s'attaque en toute impunité à mes proches, et tu sais que je te considère depuis longtemps comme le plus cher d'entre eux. On va les trouver, Michel, fais-moi confiance." D'un geste, André vide sa tasse et la repose sèchement dans la soucoupe, comme pour illustrer sa résolution. Michel aimerait l'imiter pour conclure théâtralement leur pacte, mais son foie ne peut décidément plus absorber une goutte supplémentaire de ce café trop corsé. Il se contente donc de sourire à pleines dents, qu'il a parfaites quoique légèrement pointues, en fixant intensément André.

"Et côté santé, Michel, comment ça va ? Je te trouve fatigué.

— Ça ira mieux quand je me serai vengé.

— Et peut-être avec un peu moins de whisky ? Tu devrais en profiter pour te mettre au vert un moment, une retraite spirituelle, une cure thermale, quelque chose comme ça. Je m'occuperai de tout ici, tu peux compter sur moi.

— Et je les clouerai sur une porte !" Par réflexe, Michel finit sa tasse, ce qui donne immédiatement un argument de poids à la suggestion d'André.

"Et cette Irène Hilmec ? J'ai comme l'impression que…

— Tut tut. Jardin secret. Motus. On verra.

— Excuse-moi, je ne voulais pas me mêler de ce qui ne me regarde pas." André ne peut masquer une expression de remords, regrettant de s'être aventuré sur le terrain de l'intimité et navré de la réaction épidermique de Michel, qui s'est refermé comme une huître et regarde ailleurs. Mais André se reprend bien vite : de toute évidence, l'affaire n'est pas engagée avec Irène, ce qui n'est pas pour lui déplaire. Alors il se penche vers Michel, pose la main sur son avant-bras comme souvent à la fin de leurs entrevues, et lui murmure, lui susurre presque, comme dans un film d'auteur un peu daté : "En tout cas tu pourras toujours compter sur moi."

MÉLANIE

Pas grand monde pour traîner à cette heure-ci dans la gare routière ; le calme s'accorde bien avec la chaleur. Je me fonds dans le paysage comme une parfaite touriste avec mon sac à dos démesuré et cet enchaînement vestimentaire génial : chaussures de marche, short Quechua, marinière rouge, bob et lunettes de soleil, en vrai je me suis vraiment bien débrouillée.

Lorsque le bus arrive, nous ne sommes que trois à y monter : une collégienne avec son sac de voyage et son cartable, un petit pépé discret, et moi. Ça change de la ligne 13. Après les longues routes rectilignes bordées de platanes, le bus s'élance à l'assaut des montagnes. On glisse bientôt le long des falaises qui se dessinent en coupant les virages au millimètre. Derrière les vitres, un cours d'eau nous accompagne et nous abandonne, la végétation se fait de plus en plus dense, elle recouvre bientôt tout à perte de vue ; c'est l'image que je me fais du maquis : une étendue de verdure infinie dans laquelle se perdre et se faire oublier.

L'audition avec les flics ne s'est pas si mal passée. Bien sûr comme j'étais nouvelle ils m'ont cuisinée un peu plus que les autres, mais j'ai réussi à donner le change. Et puis je n'y connais rien en informatique, et cette fois, ça m'a pas mal servi. Le lien de famille avec Irène ajouté au béguin de Cabret m'ont aussi bien aidée, alors c'est surtout Sybille qu'ils ont ciblée, comme prévu, et Rodrigo Gourmetto doit maintenant avoir une fiche chez Interpol.

Les enquêteurs suspectaient une complicité interne. Il n'a pas fallu deux jours pour que l'ambiance au sein du Groupe devienne complètement délétère. Tout le monde s'est d'un coup méfié de tout le monde, chaque mot soupesé mille fois, chaque regard surinterprété avec assiduité. Je suppose que les régimes totalitaires parviennent au même subtil équilibre entre paranoïa, crainte et non-dits. Ma démission a été d'autant plus facile : Cabret a pu l'espace d'un quart d'heure se rapprocher d'une forme de sincérité, ce dont il m'a été, volontairement ou non, reconnaissant. Irène m'a dit qu'elle comprenait, qu'elle était vraiment désolée, et qu'elle me rappellerait bientôt. Elle avait l'air abattue en me disant ça, elle n'avait pas dû dormir depuis plusieurs jours et ses cernes étaient énormes et sombres malgré le fond de teint épais. J'ai bien eu l'impression qu'elle voulait ajouter quelque chose de plus chaleureux, mais elle a juste tourné les talons et est repartie dans la war room en réajustant fébrilement son tailleur. Comme dernière image, j'aurais bien aimé garder autre chose, mais il arrive que les événements nous dépassent, n'est-ce pas. J'espère qu'elle s'en sortira.

On navigue en pleine image d'Épinal : le soleil dégouline le long des châtaigneraies verdoyantes striées par le gris clair des murs en pierres sèches. Le bleu du ciel est très tranché, absolument pas laiteux comme dans les régions du Nord. Il n'y a pas de nuances dans les lumières du Midi, elles sont uniformément éclatantes, c'est ce qui fait leur beauté et leur pesanteur. Comme celles de mon enfance. J'aurais eu envie de raconter à ma mère toutes mes aventures, de me faire dorloter le temps d'un week-end ; de me reposer sur elle. Je ne peux réprimer une forme de nausée, et des larmes s'échappent sur mes joues. Alors je me tasse dans mon siège et je me laisse aller, que les larmes m'inondent, au diable la retenue.

Lorsque je descends du bus au terminus, un petit patelin en fond de vallée, mes larmes ont séché. Les fragrances des lilas, des glycines, des chélidoines et des orties, le chant des merles et l'air doux qui me caresse la peau me donnent la patate grave. Les souvenirs du Groupe sens dessus dessous me reviennent avec bonheur, les caisses de solidarité remplies à ras bord me comblent de joie : j'ai pu, pour une fois, changer vraiment le cours des choses. Je sais pertinemment que, si pour l'instant l'exaltation du changement et l'effervescence des nouveaux horizons rajoutent à ce sentiment de puissance et de liberté, le mouvement finira sans doute par faiblir. Rien à foutre, pour l'heure je plane et c'est chouette et j'en profite.

Je repense à mes colocs à qui j'ai donné une fausse nouvelle adresse. Bien sûr, ils n'essaieront jamais de me rendre visite. J'aurai droit à quelques likes sur Facebook, dans le meilleur des cas à un texto. Comme c'est facile de disparaître. Le 65 va pas mal me manquer, mais dans un an personne ne se souviendra précisément de moi. Il me faudra un peu plus de temps pour oublier toutes ces figures que j'y ai croisées, pour ne plus être surprise par la réminiscence d'une soirée, d'un visage. Mais j'oublierai moi aussi, au fur et à mesure des nouvelles rencontres.

Seule Leïla est au courant de ma destination et de mes intentions. La seule en qui j'ai une confiance absolue. La seule que je reverrai je crois. Une personne après dix ans de vie parisienne, ce n'est pas beaucoup. Nous devrions nous retrouver dans quelques semaines si tout va bien. Sans ça je ne sais pas si j'aurais pu.

À la sortie du village, il y a un petit pont avec un grand pré et à peine de quoi se garer. C'est ma route. J'y pose mon sac à dos, prête à lever le pouce, et j'attends qu'une voiture vrombisse derrière le virage. Bob, marinière, jeune femme seule : la première voiture s'arrête.

LUCAS

Assis sur une vieille chaise défoncée devant la clède où il a pris ses quartiers, Lucas contemple la vallée. Les terrasses cévenoles marquent les courbes de niveaux, une quantité impressionnante de cailloux transportés à dos d'hommes et de mules qui ont esquissé le paysage en surimpression. Un bout de route, quelques vergers, des parcelles de champs pâturés indiquent une présence humaine au milieu de cet océan de châtaigniers qui tapisse le relief. Quelques mètres en dessous de lui, Susan et ses enfants s'activent dans le potager, buttes de permaculture, nichoirs faits maison, palissades de bambous : un paysage en soi.

Lorsqu'il est arrivé, tout s'est passé très simplement. Il s'est présenté comme un ami de Leïla, on était au courant, on lui a indiqué “la clède à Bernard” sur les hauteurs du hameau. On lui a même proposé de venir casser la croûte : il n'a pas pu accepter aussi vite, mais ça l'a quand même touché. Il s'est senti reconnaissant envers Mélanie de lui avoir trouvé cette échappatoire champêtre, entourée de gens bienveillants et pas intrusifs. Il aimerait bien lui dire en vrai et pas seulement sur Telegram, et puis reparler avec elle de toute leur aventure, revoir son visage animé, ça lui ferait du bien. Elle passera, peut-être, il l'espère, revoir ses cheveux, son nez, ses oreilles, sentir la matière de son corps près de lui, goûter de nouveau à cette intimité complice, marcher côte à côte, dans la nuit, sans rien dire.

La tête solidement lovée dans sa capuche, contemplant la beauté de cette vallée quelconque dont il ne sait que faire, bercé par le babillement des enfants de Susan, Lucas se remémore leur dernier trajet commun. Il avait été surpris par le nombre de nouveaux modèles de voitures en circulation, mais n'en avait prudemment rien dit, préférant ne pas interrompre les rires et l'excitation de Mélanie. Leur plan avait été parfait sur toute la ligne, leur travail de sape avait fonctionné à merveille. Ils les avaient grand-soirés en beauté. Mais déjà était née cette sensation ambivalente en montant dans le TGV, seul parmi la foule de vacanciers fatalement hostile, digérant leur victoire secrète, d'une plénitude incomplète. Lucas avait été déçu par l'attitude de Viktor : le hacker russe avait finalement gardé 75 % du montant à cause des risques, des frais, et d'autres choses peu claires. Le double de ce qu'ils avaient convenu. Pendant ce temps, Lucas chassait lors de nuits pénibles l'image de policiers le remettant *manu militari* à son père. La présence de cette menace sourde ne s'est pas complètement évaporée. Elle se superpose au sentiment de culpabilité qui le traverse : il a, sans bien sûr en toucher un mot à Mélanie, gardé cinquante mille euros pour lui, enfin trois bitcoins pour être précis, au cas où l'exil se prolongerait *ad vitam*. Et même si plus tard il a cherché, par curiosité, le montant annuel des bénéfices nets du Groupe, et que les cinq cent quarante-cinq millions et les trois bitcoins lui ont paru de bien petits cailloux dans la grande botte, cette impression de saleté ne le quitte pas.

Lucas s'ouvre un Sprite en contemplant la fin du jour. Il se couchera de nouveau le plus tard possible : à Nîmes, il s'est acheté un petit smartphone, puis il y a installé un système d'exploitation libre qui s'accommode très bien de Tor et de son VPN. On ne capte pas si mal en haut des crêtes, et il en profite pour passer une grande partie de ses nuits sur son ordi à décoder des malwares et à zoner sur le darknet, se familiariser avec différents langages, et traquer les failles des codes sources ouverts. De temps à autre, il lui arrive même de craquer les sites de personnalités politiques particulièrement stupides, et il a mis la main sur les données personnelles de quelques milliers d'individus, qu'il n'a pas vraiment explorées car il ne sait trop qu'en faire. Une pensée cependant revient chaque nuit, de plus en plus claire, de plus en plus évidente : le hack opéré par Viktor et ses amis est bien loin d'être une inatteignable machine sophistiquée. Ce sont finalement surtout Mélanie et lui qui ont fait le plus gros du boulot et pris tous les risques. Ça met Lucas dans un état étrange, qui tient de la fébrilité, du ressentiment et de l'excitation, et il doit aller se calmer sous le gros châtaignier à côté de la clède, avec les chouettes et les chiens qui aboient au loin, pour trouver le sommeil.

MICHEL

Je me suis trouvé un bon caillou bien plat sous un vieux chêne. Je n'y connais pas grand-chose en arbres, mais les chênes oui ! C'est peut-être à cause des glands sur les mocassins… Des glands, il y en a partout sur le chemin ! Jusqu'à la clôture en fil de fer qui le borde, et derrière laquelle s'étend une grande prairie en légère pente descendante… Avec de l'herbe encore jaunie par l'hiver… Comme c'est romantique. Au pied de la prairie s'alignent les troncs blanchis des arbres marquant l'orée de la forêt, comme le premier rang bien serré d'une cohorte de fantassins déterminés à en découdre. Ou comme de magnifiques potences ! J'hésite…

Bref, j'ai suivi les conseils de ce bon vieil André, une mise au vert s'imposait… Les chemins de Saint-Jacques : pas compliqué, pas trop dur, du reste je m'arrête quand je veux et je peux même faire des étapes en taxi si ça me botte. L'air frais et l'exercice me détendent le bide ! Même si j'ai emporté une flasque d'irlandais… Faut pas déconner non plus ! Bien pratique avec ce vent, froid, limite glacial, qui souffle dans les feuilles et fait onduler les prés à vaches… Et puis il faut bien oublier les mouches ! Les guêpes ! Toutes ces saloperies qui n'ont rien d'autre à foutre que de se coller sur moi et me butiner les trous de nez ! J'ai l'impression d'être une vache ! Meuh ! Meuh ! Et d'être la seule à des kilomètres à la ronde encore ! Mais pas encore herbivore, moi ! Carnassier, le Michel, oublions pas ! Faut avouer que je marche beaucoup moins vite que prévu… Ça en fait, des pauses irlandaises… La machine ne suit plus autant que je l'espérais.

Je pose mon bâton de pèlerin acheté la veille, et je fais passer mon sac à dos sur les genoux. Un opinel, une baguette cassée en deux et une grosse tranche de rillettes… Ça c'est la France ! Bordel ! Ça me donne le sentiment d'être un vieux loup déchiquetant sa proie patiemment, à l'abri des regards. Comme je ferai avec ces salopiauds quand André me les aura retrouvés… Bien obligé de mâcher lentement, mais n'empêche que les rillettes n'y résistent pas ! Toutes mielleuses qu'elles sont… Hop ! Tartine après tartine ! Englouties ! Les mouches continuent de m'emmerder mais enfin les rillettes et le pain y passent malgré tout ! La texture des fibres musculaires, confites dans le gras de leur maître, avec ce délicat assaisonnement à peine relevé… Tout ça qui me glisse sous les dents, s'écrase sur le palais, me repaît jusqu'aux tréfonds… Même avec le goût métallique des médocs dans la bouche, je revis ! Me requinque, cette saloperie de nature… Michel is back !

Je me demande ce qu'ils peuvent bien foutre avec tout mon blé, ces petits cons de Ruskofs… À part tout dépenser en putes et en vodka ! Caviar et bagouses ! Du beurre à des cochons, oui ! Mais moi la bête au fond… Un sentiment… De s'être fait baiser, mais alors pas du tout au hasard ! Jalousie !

Ambition ! Croche-pieds, crocs-en-jambe et coup de Jarnac ! Je le sens c'est comme ça ! Perdront rien pour attendre… Comme la mouche, là… Paf ! Tiens ! Je l'ai eue ! Écrabouillée ! Du premier coup, la salope ! Tripes à l'air et rien à redire !

Bon, en route Michel, ça m'étonnerait que les taxis viennent jusqu'ici : pour être peinard, je suis peinard… Ça pourrait faire un bon séjour à thème, tiens, faudra que j'en parle aux gars du life coaching. Besoin de vous ressourcer, mes bichons, l'impression d'être dépossédés de votre existence ? Formule mystère, on vous emmène sans vous dire où, façon kidnapping consentant, on vous largue sur un chemin de la Haute-Loire ou du Jura ou de n'importe quel autre trou qui fait penser au Canada, avec rien d'autre que de la bouffe saine et de l'eau, et pour seules consignes de choisir une direction, de s'y tenir, et de ne parler à personne… Exfiltration deux jours après ! Hmm… Voyons voir : Retour sur soi ? Self return ? Self immersion ? Body embedded ? Body mind centering ! Ah non, merde, déjà pris…

Tiens, il est mignon cet âne, là, derrière sa clôture… À regarder passer ce qui ne passe pas. On se regarde, lui et moi… Les yeux dans les yeux, ma parole ! Il est beau l'animal, avec son museau blanc et son pelage gris clair… Les yeux comme passés au mascara… Je m'approche et je lui donne quelques caresses, c'est très doux ! Surtout entre les deux naseaux… Il essaie de me brouter le sweat-shirt alors je lui file un bout de pain. Il l'attrape avec ses dents jaunes et il fait bouger ses oreilles et il souffle, je lui caresse la joue, sa grande joue poilue, et il pousse sur mes côtes avec sa tête, c'est sa manière de me rendre les caresses je comprends.

C'est chaud, le museau de l'âne sur le sweat-shirt, ça fait du bien… Je le gratte entre les oreilles, il ronronne limite. Je t'aurais bien emmené, l'âne, mais où ? Dans mon grand salon, avec moi sur le canap ? À Juvénal, au milieu de l'Agora ? Pourquoi pas… Je joue avec la boule de graisse qu'il a sous le menton, j'ai presque envie d'avoir la même… Tu ne m'as pas l'air très sauvage… Question propriétaire, tu dois déjà être servi ! Et bien défendu ! Prudence, Michel, prudence, pas le moment de se prendre un coup de douze ! Adieu l'âne… Et bon vent !

Je m'enfonce dans le chemin creux, les oreilles bientôt au niveau des racines, c'est tout de suite plus sombre, plus froid… Le goût du métal reprend le dessus sur celui des rillettes… Halte-là : je dis flasque ! Hop, petite rasade de rien du tout ! N'empêche qu'elle m'envoie sacrément en l'air… Un frisson qui me fait trembler jusqu'à la racine des cheveux… Le goût de bile dans la bouche… Dois me concentrer pour pas me dégobiller sur les pompes ! Heureusement j'ai eu le temps de refermer le bouchon argenté : je n'en perds pas une goutte, manquerait plus que ça.

Mon téléphone tinte : un texto d'Irène ! Elle s'excuse de s'être emportée, propose qu'on se rappelle, sans en rajouter… Réglo ! Classe ! Chic ! C'est bon ça, Michel ! Patience ! Longueur de temps ! Back in the pocket ! Ça va déjà mieux ! Cœur léger ! Mais pas répondre tout de suite, je risquerais d'être con… Une femme qui vaut des points, c'est sûr : pompon ! Gros lot ! Pas toujours évidente à suivre, certes… Mais faut pas compter sur moi pour abandonner en cours de route ! Pas cette fois ! Coup de sifflet final : pas entendu ! Je vais l'emmener à Prague, tiens, à mon retour, pour un week-end en amoureux… Faire des rencontres, mieux se connaître… On déambulera dans la vieille ville… Où j'en suis de mon cheminement, à propos : GPS, chasseur-cueilleur oui, mais de son époque ! Quoi ? Vingt-cinq bornes encore ? Pas possible ! Et la bile qui remonte ? Coup dur ! J'aurais peut-être mieux fait d'aller glander dans la savane, mater les antilopes au loin jusqu'au quatre-heures à l'ombre d'un acacia… Chasser les mouches avec ma queue ! Rugir un bon coup ! Crinière au vent ! Au lieu de me traîner comme une bête de somme…

Encore le téléphone… Zone blanche pas tout à fait ! Ah, André cette fois !

"André ! Quoi de neuf ?" Je lui raconte mes petites aventures champêtres, mais pas longtemps parce que le réseau est mauvais et que dans le fond on s'en fout complètement : pas là qu'est l'essentiel…

"Du nouveau, tu dis ?

— Il semblerait que, bien que ce soit une attaque relativement préparée, les procédés techniques soient assez simples.

— Et donc ?

— Et donc on a plutôt affaire à des petits rigolos un peu doués qu'à une vaste organisation criminelle. Ce qui n'est pas courant pour des sommes aussi élevées. Ça devrait nous faciliter les choses pour la suite, même si on n'arrivera jamais à décrypter toute la chaîne.

— Mais vous avez du concret, oui ou non ?

— Pas grand-chose pour l'instant… Un ingénieur de chez nous qui suit discrètement les flux de plusieurs forums du darknet a juste fait remarquer qu'il y avait eu sur l'un d'eux des échanges répétés entre la Russie et la région parisienne, dans les semaines qui ont précédé l'attaque. Mais c'est peut-être une fausse piste, ils sont en train de vérifier.

— Région parisienne ? Vous avez pas plus précis ?

— Du côté de Melun, visiblement.

— …

— Michel ?"

MÉLANIE

Lorsque je me lève, tous les autres pioncent encore, il n'y a que les oiseaux qui chantent dans le jour naissant. Je vais siroter mon petit café en silence devant la ferme, face aux montagnes pyrénéennes irradiées par l'aube, nimbées de leurs vapeurs nocturnes. Un moment de calme et de beauté on peut dire, de communion presque avec ces forêts si souvent arpentées depuis que je suis arrivée, si détachées de nos misérables contingences et en particulier des miennes. Les oiseaux piaillent de plus belle.

Au bout d'un long moment suspendu, la boulangère du collectif, Anna, à qui je file des coups de main, vient s'asseoir à côté de moi. C'est l'heure de la fournée.

"On s'y jette ?"

Anna est une petite brune fort mignonne dont j'apprécie la compagnie. Elle donne les bons conseils aux bons moments, n'est pas avare de patience, mais pas non plus de franchise. J'aime bien ce genre de meuf. Et puis sans y paraître elle s'envoie quatre-vingts kilos de pain deux fois par semaine, ça force le respect.

Après avoir mélangé la farine, l'eau et le sel, on commence le pétrissage. Je plonge les doigts dans cette consistance moelleuse pour la malaxer et lui donner corps, la pâte file petit à petit, s'agglomère et colle à elle-même, emmagasine de l'air, des sucres, les graines qu'on y met, tout ce qu'il lui faut pour s'épanouir. C'est le genre de taf qui ferait du bien à Lucas je crois, j'espère au fond qu'il va se raccrocher à quelque chose comme ça, dans les Cévennes. Mais bon je n'irai pas le voir pour vérifier. Pas tout de suite. Nos rapports étaient devenus trop chelous pour que je ne les désamorce pas, je ne pouvais pas faire comme si je ne me rendais pas compte qu'il était à fond sur moi, et lui laisser croire à des promesses que je ne pouvais pas tenir. On s'appelle de temps à autre, de moins en moins souvent j'avoue, mais au moins ça reste cool. Et puis là, j'ai plutôt besoin de me focaliser sur des choses simples, comme par exemple le mouvement de mes doigts dans la pâte : pas de secrets, de plans, de rendez-vous nocturnes, de jeux de dissimulation à dimensions multiples, de communications transcontinentales cryptées. Juste de la farine et de l'eau, une matière. Pour l'instant et vu l'état de fatigue dans lequel m'ont laissée mes dernières semaines parisiennes, me concentrer sur des choses immédiatement présentes et somme toute basiques me va bien.

Anna a l'habitude de chanter quand il s'agit de façonner les pâtons. En vrai elle ne chante pas vraiment, ce sont plutôt des onomatopées qu'elle psalmodie, ça met une ambiance assez tripée dans le fournil. Elle pousse sa voix en appuyant en rythme sur la pâte, tout son corps accompagne ses vocalises, c'est un chœur antique à elle toute seule. Je n'ai pas osé lui demander pourquoi la première fois et maintenant je ne le ferais plus, mais je crois que c'est une manière de mettre en rythme ses mouvements, et aussi d'insuffler un supplément d'âme à ces petites boules qui deviendront des pains de toutes sortes, de les relier comme ça à un ensemble plus vaste, sans vouloir faire ma babloche. Bon, perso, si je devais choisir, je mettrais plutôt un morceau de punk à donf dans le vieux poste, voire carrément de la tech allemande bien lestée : ce serait plus raccord avec mon état intérieur. Et tant pis pour l'épaisseur de la croûte. La mélopée dans le fournil me ramène à l'inverse vers l'image de ma mère, vers celle d'Elsa, vers celles d'Irène, d'Alcen, de Lucas et de sa mère, et toute ma vie d'avant. Anna est une passeuse vers le pays des fantômes, les visages et les voix tournent autour de moi, me parlent, m'effleurent, je tiens tant bien que mal jusqu'à ce que toutes les corbeilles soient remplies avant de sortir avec soulagement. La prochaine fois, je prends des écouteurs.

Je fume une grosse clope face aux montagnes, en repensant une énième fois à notre coup, à son dénouement, en me délectant de ce qu'il me reste d'excitation et de fierté d'avoir torpillé Juvénal et pompé leur fric pour les bonnes causes. Mais, comme prévu, la griserie est en train de s'évaporer. Leïla est venue ici, m'a donné quelques nouvelles, j'ai pu reparler de tout ça avec elle, ça m'a fait un bien fou. Et puis elle est repartie, et moi je suis restée là, seule au milieu de ces nouveaux visages accueillants mais à qui je ne peux rien confier, dans une région quasiment inconnue pour moi, avec des perspectives assez peu précises et la probabilité non nulle que les flics débarquent un beau matin.

Mais la solitude, l'absence de projection et l'insécurité ne l'ont pas emporté. Au contraire, me défaire de mon passé et de ses lourdeurs m'est apparu de plus en plus salvateur : si je veux avancer dans la vie je dois achever le deuil de ma mère, oublier enfin Elsa pour de bon, et ne plus me laisser bringuebaler par les angoisses liées au fric. Le coup du piratage ne pourra pas être effacé, alors autant qu'il soit une source de fierté plus que d'angoisse. Je me suis d'ailleurs promis de ne rien regretter, quoi qu'il arrive. Me voilà seule, disponible pour de nouveaux liens, libre de choisir mes attaches et mes contraintes, libre de prendre une direction ou une autre, à ma guise. Je ne sais pas laquelle choisir, j'avoue, quelle nouvelle trame tisser, je ne sais pas grand-chose d'ailleurs, mais pour une fois ça me convient. Je sais juste que je ne vais pas m'attarder très longtemps dans mon exil montagneux : j'ai des envies de bougeotte, de mouvement, de revivre jusqu'à plus soif des tranches d'intensité telles que celle qu'on s'est payée.

Une fois nos pains enfournés, Anna me propose de boire un café : dans sa yourte, toutes les deux, ce sera plus tranquille. Je hoche la tête, bien consciente de ce qu'il y a derrière son invitation, heureuse d'en être la destinataire et déjà émoustillée. Je m'apprête à la suivre lorsque des crissements de pneus se font entendre plus bas dans la vallée. Nous nous figeons toutes les deux. Entre les arbres on aperçoit nettement trois voitures de gendarmes qui arrivent à fond la caisse.

“Écoute, une prochaine fois pour le café. Réveille les copains, moi j'ai un truc à faire dans la forêt.”

LUCAS

Je suis en train de vider une énième canette de Sprite quand la petite de Susan s'approche et se jette dans mes bras comme à son habitude.

"Lucas, ma maman elle a dit que tu peux venir manger des crêpes avec nous ce soir !" Moi j'arrive pas à me rappeler son prénom, à la petite, un truc indien qui veut dire je sais plus quoi. Je l'aime bien pourtant, elle est marrante, mais ça rentre juste pas.

Je crains.

En tout cas pour la première fois ça me semble pas complètement impossible d'aller manger des crêpes avec des enfants et des adultes sans m'angoisser sur la place que je pourrais assurer, au pire je suis pas obligé de rester. Je suis pas non plus obligé de parler, les gens sont cools ici.

Ça me rassure de pouvoir dire oui, alors je dis non.

Je promets à la petite de passer demain pour pas trop la décevoir, mais elle file aussitôt sans demander son reste. Pas le genre à se torturer la tronche comme moi. Peut-être bien que les enfants ont l'art de donner des leçons sans l'ouvrir, et peut-être bien que ça me fait pas de mal.

Le chat prend le relais quand je rentre dans la clède, il se frotte à mes jambes et réclame des caresses. Je le gratte abondamment derrière les oreilles et sous le menton, il miaule, je lui réponds un truc quelconque, il ronronne, presque moi aussi. J'aurais dû avoir un chat bien plus tôt, c'est des interactions qui sont plus à ma portée.

J'ai quasiment fini d'aménager l'intérieur de mon palace. Y a le lit à gauche, et à droite une table qui me sert à tout. Au fond y a les bûches, le poêle, et mes affaires entassées en vrac au milieu des écrans, des onduleurs et des cartes réseau. Je me suis rendu compte l'autre jour que c'était quasiment la même disposition que dans ma chambre à Melun, le placard secret en moins. Sauf qu'ici j'ai pas besoin de clouer la porte et de murer la fenêtre, personne va rentrer à part le matou et la petite. Enfin jusque-là personne a essayé…

Je prends le chat sur mes genoux et je m'assois à la table, j'hésite. Je suis parti de Melun avec mes notes, j'ai commencé à écrire quelques pages, pas grand-chose, surtout une description du tableau de Bruegel en fait, je sais pas trop où ça va me mener. D'un autre côté y a un truc que j'aimerais vraiment bien finir de coder. Dehors, on entend des bagnoles qui arrivent en rafale, ça doit être les jeunes du bas pour la soirée crêpes…

MICHEL, IRÈNE, ANDRÉ

“Vous êtes madame Hilmec ?” Un homme âgé aux sourcils épais s’est arrêté devant Irène, tandis que la modeste foule s’égaille sans précipitation vers la sortie. Les tenues sombres et les airs contrits s’accordent mal avec l’air doux et le soleil radieux de cette journée printanière, que les frondaisons nouvelles et les premières fleurs viennent surligner à chaque allée du cimetière. Irène acquiesce.

“André Mareuil. J’aurais aimé vous rencontrer dans des circonstances moins tragiques, et vous témoigner de mon affection avec plus de légèreté. Si je peux faire quoi que ce soit pour vous, n’hésitez en aucun cas, lui dit-il en tendant sa carte. Je sais que Michel vous aimait beaucoup.

— Vous vous connaissiez bien, n’est-ce pas ?

— C’était un de mes plus vieux et plus chers amis”, confie André qui a toutes les peines du monde à contenir son émotion. Depuis leur funeste coup de fil et la découverte quelques heures plus tard du corps inanimé de Michel dans un chemin creux du Puy-de-Dôme, André est rongé par le remords et la tristesse. Son compagnon ne se serait jamais aventuré sur ce funeste parcours fatal sans ses conseils appuyés. C’est d’une prise en charge médicale poussée dont aurait eu besoin Michel, et pas d'une exotique découverte du Massif central, et cette certitude ne cesse depuis lors de tourmenter André. Beaucoup moins cependant que sa passivité lorsque leur conversation avait été interrompue, ce qu'André avait mis sur le compte d'un réseau téléphonique défaillant. S'il avait su interpréter à temps les froissements du portable de Michel tombé dans les feuilles mortes, il aurait pu prévenir les secours, les aider à le localiser, en un mot sauver son ami agonisant avant que le coma hépatique ne soit trop avancé. Au lieu de quoi il avait raccroché, dubitatif et maugréant contre les défaillances de la technologie moderne.

"Je pense être le dernier à avoir conversé avec lui, au téléphone, quelques heures avant sa mort." Irène note pour elle-même, légèrement irritée, que Michel a probablement reçu son message sans se donner la peine d'y répondre.

"Nous évoquions le piratage de votre Groupe et de Juvénal, lorsque nous avons été coupés, simplifia André, et une possible origine du côté de Melun. J'admets que le moment n'est pas très opportun, mais est-ce que cela vous évoque quelque chose ?

— Melun..." Irène réfléchit quelques instants, laissant dériver son regard pour mieux faire défiler mentalement toutes les informations accumulées depuis sa rencontre avec Michel, fouiller les moindres recoins de sa mémoire, laisser ce nom flotter sur l'océan de ses souvenirs comme un appât juteux, se remémorant l'enchaînement rapide des événements, depuis sa première visite à Juvénal jusqu'à sa dernière réunion de crise. Un moment de flottement passe, une hésitation pointe, avant qu'elle ne se décide à répondre sans sourciller, droit dans les yeux d'André :

“Malheureusement cela ne m'évoque absolument rien, de près ou de loin.

— Michel m'avait demandé d'enquêter discrètement sur l'affaire et, si vous le souhaitez, je peux tout à fait poursuivre les investigations que nous menons, en toute amitié bien sûr.

— C'est très gentil à vous, monsieur Mareuil, je vous en remercie chaleureusement. Mais je ne préférerais pas. Voyez-vous… Notre Groupe a fini par comprendre qu'il n'était pas dans son intérêt que toute la place financière soit au courant de notre petite mésaventure. Question d'image, de confiance et de sérénité vis-à-vis de nos investisseurs : à tout prendre, nous préférons assumer une légère dévalorisation de Juvénal. Je suis sûre que vous comprenez cela.” Irène, peu encline à parler business avec cet inconnu intime, tend la main pour abréger la conversation.

Bientôt les fossoyeurs quittent à leur tour la tombe fraîchement creusée, et Irène se retrouve seule sous le soleil éblouissant. Juvénal sera probablement bientôt mis en vente, se dit-elle. Elle n'a aucune envie de rentrer chez elle : elle empoigne son téléphone, hésite, dubitative, avant de finalement déclencher l'appel :

“Bonjour Mélanie. Ça te dirait qu'on prenne un verre toutes les deux ?

— Avec plaisir, bien sûr. Mais pas avant ce weekend : je suis à Luxembourg.”

LUCAS

Luxembourg… Une des Dix-Sept Provinces, il me semble, enfin à l'époque des danses, des mariées et du plein air. Ça doit pas être tout à fait le même délire aujourd'hui, je me demande bien ce qu'elle fout là-bas. Le chat a pas l'air d'avoir d'avis, il ronronne sur le sol frais, les cigales dehors non plus. Je m'ouvre une canette de Sprite, ça fait bien plaisir d'avoir de ses nouvelles, ça commençait à faire un bail.

"T'es plus dans les Pyrénées, en fait ?" je lui clavarde sur Telegram.

Elle me répond que non, que c'était sympa, qu'elle y retournera sûrement mais qu'elle commençait à tourner en rond. Et puis y avait trop de gens qui faisaient pousser de la weed là-bas et ça la stressait trop. Ben ouais, c'est un peu la même ici, mais moi franchement, c'est pas ça qui m'a le plus stressé ces derniers temps.

"Et tu voudrais pas faire une étape par ici ?"

Ah mais non, elle est déjà à Luxembourg en fait, j'suis con. Les Cévennes, on peut dire que c'est sur la route entre les Pyrénées et le Benelux quand même, elle a pas dû passer loin, limite la vallée d'à côté, et elle m'a frôlé comme ça, en silence, sans faire le moindre signe, alors que moi j'ai son visage qu'est en train de se désintégrer dans ma mémoire, qu'il ne me reste plus que des détails éparpillés, des fragments qu'arrivent pas à se recoller... Tout ça me paraît bien clair d'un coup.

Hein ? "Ouais", je veux bien savoir ce qu'elle tourne à Luxembourg, même si bon.

Je lis et relis sa réponse trois ou quatre fois avant de soulever l'ordi comme un couillon pour voir si y en a pas une autre cachée dessous. Y en a pas. Est-ce que c'est quelqu'un d'autre qui écrit à sa place ? Hun. Je relis encore et ça doit être à voix haute parce que le chat relève la tête et pousse un miaulement et finit par se casser sans demander son reste. Mais qu'est-ce que c'est que ça. Un nouveau boulot de community manager chez Amazon. Sérieux. Développer leur Mechanical Turk en Europe, leur plate-forme de micro-travail. Franchement ! Que y en avait marre d'être à la ramasse niveau pognon, qu'elle a candidaté, et que c'est elle qu'a gagné. Qu'elle espère que je comprends. Que je comprenne quoi ? Toute cette aventure pour un boulot de truc manager chez le diable ? Tous ces beaux discours pour finir par exploiter des sous-prolos à l'autre bout de la planète ? Et me laisser planté là, au milieu de rien, allez merci salut à plus ? Putain non je comprends pas...

Le chat a fait taire les cigales, les murs de la clède me semblent bien proches d'un coup, ils grossissent à vue d'œil en fait, les pierres s'agrandissent sur elles-mêmes jusqu'à m'envelopper d'un silence mat et de leur fraîcheur moite, la lumière de l'ordi est avalée par l'obscurité de mon intérieur minéral, les volets se ferment, la porte se verrouille, le froid me pince les os, la clède part à la dérive dans les châtaigneraies, j'ai la bouche sèche, le corps prostré par la tétanie. Huuun. Un nouveau message surgit : "Je me suis déjà fait des potes. Rodrigo et Sybille notamment, qu'il faudra que je te présente. Si tu te le sens bien sûr."

OUVRAGE RÉALISÉ
PAR L'ATELIER GRAPHIQUE ACTES SUD
ACHEVÉ D'IMPRIMER
SUR ROTO-PAGE
EN FÉVRIER 2022
PAR L'IMPRIMERIE FLOCH
À MAYENNE
POUR LE COMPTE DES ÉDITIONS
ACTES SUD
LE MÉJAN
PLACE NINA-BERBEROVA
13200 ARLES

DÉPÔT LÉGAL
1re ÉDITION : MARS 2022
N° impr. : 100010
(Imprimé en France)